僕はこうして作家になった

—デビューのころ—

五木寛之

幻冬舎文庫

僕はこうして作家になった
―デビューのころ―

目次

われは歌へど

1

私が歌をつくることを職業とするようになったのは、あれはいつ頃からのことだったのだろう。

むかしから異常に歌が好きだった。いまでもそうである。

聴くことも好きだが、もっと心が弾むのは歌をつくるときだ。自分勝手に気に入った歌をひねくり回していると、つい時間のたつのを忘れてしまう。原稿を書いているときには、そんな楽しさに首までどっぷりつかってしまうことはめったにない。

誤解のないように註をくわえておいたほうがいいと思うのだが、私のいう歌とは、いわゆる短歌のことではない。メロディーをつけ、声にだしてうたわれるところの、ごく一般にいう歌、つまり歌謡のことである。唄、と書いたほうがいいような気もするが、歌と唄では語感がちがう。うた、と平仮名で書くのも照れくさい気分もあるし、とりあえず、歌、で話をすすめていくことにしようと思う。

話が急に転調するけれども、私がいわゆる職業作家として雑誌にデビューしたのは、一九六六年の四月のことだった。当時、中間小説誌という名で呼ばれていた「小説現代」の六月号に、新人賞の入選作品としてはじめて原稿が載《の》ったのだ。「小説現代」は、そのころ小説雑誌界御三家のひとつとして、老舗《しにせ》の「小説新潮」、「オール讀物」と競いあいながら、若い世代にもかなり支持されていた新しいタイプの中間小説雑誌だった。ワインのことはよく知らないが、「小説新潮」をこくのあるボルドー、「オール讀物」がブルゴーニュ、そして「小説現代」を若々しいボージョレーにたとえるというのは、いささか気障《きざ》すぎるだろうか。

しかし、いまではほとんど信じられないような話だが、当時は大学のキャンパスで、「小説現代」を小脇に抱えている文学部の学生たちも結構いたものである。たぶんそれは、ある季節、つまりサブ・カルチュアの台頭期であった六〇年代半ばの時代風潮とも関係する現象だったのかもしれない。いわゆる学生活動家のアジトに「平凡パンチ」や「ガロ」が散乱しているといった、どこか野放図《のほうず》で混沌とした時代だったのだ。

一九六七年（昭和四二年）、つまり私がデビューした翌年の「平凡パンチ」の臨時増刊号では、三島由紀夫とかけ出しの新人作家の私との誌上討論が企画されたりもした。その討論は実現しなかったが、ミソもクソもごっちゃにしてしまうエネルギーが雑誌の世界にもみなぎっていたといっていい。このころのパンチ本誌の編集者は、たしか後藤明生さんだったように記憶している。当時の後藤さんは、まさにゴーゴリの小説世界の住人を彷彿《ほうふつ》とさせるような、一種、独特の風格を漂わせるエディターだった。立原正秋や私が「平凡パンチ」に連載を書くようになったきっかけも、たぶん後藤さんの推輓《すいばん》によるものだろう。

話をもとにもどすと、さきほど書いたように、私が作家としてデビューしたのは、一九六六年ということになる。正確にはその年の六月号の「小説現代」に第一作が載っている。

考えてみると、どうやら私もデビュー後四半世紀をとっくに過ぎた物書きとして、いまなお相も変らず鉛筆と消しゴムを友とするたよりない暮らしを続けているわけだ。最近の若い作家たちのように、鼻歌まじりでワープロを操ったりできないところが、いかにも年代ものといった感じではあるが。

しかし、そんなふうにもっぱら職業作家としての生活を送りながらも、どういうわけか歌とは縁が切れないままに今日まできた。ひょっとすると、歌、という一種の心の憂さの捌《は》け口があったからこそ、なんとかこうして書き続けることができたのかもしれないとも思う。

われは歌へど、というのは私が中学生のころに国語の授業で作った課題短歌のひとつである。われはうたへどやぶれかぶれ、とでも居直れば恰好《かっこう》がいいのだが、十四歳の私の作歌はもっと古くさく、とことん暗い。常闇《とこやみ》にわれはうたへどわが歌は――といった調子だからどうにも救いようがなかった。私がいつのまにやら俳句や短歌から歌謡の世界に傾いていったのも、自分のそんな資質がメロディーやリズムによって救済されることを、無意識にもとめていたのではあるまいか。

私は自分でうたうことが苦手である。自分のうたう声が嫌いだし、うたって楽しいと思ったことがない。そのかわりに、歌をつくることが好きで、また、歌を聴くことに関してなら誰にも負けないくらいに熱心である。

そんな私が、歌詞をつくってそれを金にかえる道のあることを知ったのは、新人作家としてデビューする四、五年前のことだった。私がまだ辛うじて二十代の端っこにぶらさがっていた、一九六〇年代はじめの頃の話である。

2

全学連主流派が国会に突入し、樺《かんば》美智子という女子学生が死んだ一九六〇年のある日、私はスピグラをかかえて永田町から日枝神社の方角へ脱出しようと、必死で走りに走っていた。スピグラというのは、六〇年代頃まで新聞社が報道写真撮影用に使っていた大型のカメラのことである。無骨で重く、扱いにくいのだが、アオリがきくのと、いかにも一流新聞社のカメラマンらしく見えるところが気に入って持ち歩いていたのだ。こいつを持っていると、ほとんどどんな場所にでもフリーパスでもぐりこめた。できるだけ無愛想な顔をして、警官やガードマンに横柄《おうへい》に顔をしゃくるコツさえ身につければ、ほとんどチェックされることがない。

その日も取材と称してスピグラをかついで国会周辺に出かけた。べつになにを撮ろうというわけでもない。ただ、生来の弥次馬根性から、騒ぎの渦の中心におのずと吸いよせられていったというのが正直なところだろう。

しかし、学生と右翼と警官との三者のもみあいの中に捲《ま》きこまれてしまうと、もう手のつけようがなかった。学生はこっちを日和見《ひよりみ》ブルジョワ新聞の一味とみて突きとばすし、逆に右翼は「朝日の赤《アカ》は殺す!」とか叫んで追いかけてくるし、警官は警官で衝突現場を撮影させまいとカメラを奪いとろうとするしで、もう命からがら現場を逃げだすしか方法はなかったのである。

当時、私は新宿二丁目の中外ビルの三階にあったちっぽけな業界新聞社で、編集長兼記者兼カメラマンとして働いていた。なにしろ論説からインタヴュー、業界、官庁のニュースからゴシップまでを一人で書き、おまけに写真まで撮らされて、週一回の小型新聞を発行するのだから結構ハードな職場である。今とちがって紙面の割りつけや、大組み立ち会い、校正、鉛版の運搬までもが編集者の仕事だった。その社に移ってしばらくは体力のある浅野くんという同僚が一人いたのだが、彼がやめてしまうと、あとはこっちが全部ひきうけるしかなかったのだ。

そのビルのすぐ隣りには、中外ニュースという映画館があった。これがなんとも不思議な映画館で、ニュース上映とストリップ・ショーとを交互にやるという、どうもわけのわからない映画館だった。編集室の窓をあけると、ちょうどそのビルの楽屋口《がくやぐち》をみおろすことができる。そこは小さな中庭のような空き地になっており、ステージのあいまにヌードの娘たちが七輪《しちりん》で魚を焼いていたりする光景も見られた。裏手の飲み屋街に灯がともるころになると、西田佐知子の〈アカシアの雨がやむとき〉のレコードが、くり返しくり返しきこえてきた。森山加代子の舌ったらずの歌声や、水原弘の〈黒い花びら〉も流れてきたし、どういうわけか階下の産婦人科医の部屋の窓から、マイルス&コルトレーンの〈ジャイアント・ステップス〉のリフが響いてきたりすることもあった。

「朝日ジャーナル」や、「週刊現代」、「週刊文春」、そして「少年マガジン」や「少年サンデー」など、いわゆる週刊誌文化がせきを切ったようにあい前後して開幕したころでもある。白土三平、ゴダール、吉本隆明、赤木圭一郎、土方巽《ひじかたたつみ》、荒川修作、ブラザーズ・フォー、鴨居羊子、大江健三郎、ケネディなどの名前が、私の頭ごしに時代のステージのどこかでチカチカと点滅していた。

浅沼社会党委員長が刺殺され、大島渚が『青春残酷物語』を撮り、『パルタイ』と『風流夢譚』と『忍ぶ川』が話題をよび、菊竹清訓《きよのり》や黒川紀章がメタボリズムを宣言し、谷川雁《がん》が大正炭鉱行動隊をつくり、ツイストが流行し、写真家土門拳のザラ紙の写真集『筑豊の子どもたち』がベストセラーになった時代でもある。井上光晴や澁澤龍彥が注目をあつめ、「現代詩手帖」が創刊されたのも、この頃だったはずだ。

　それら時代のかがやく星々は、新宿二丁目の中外ビルの薄暗い編集室とは全く無関係に、遠くの空を天の川のように流れているような感じだった。私は仕事をさぼって凮月堂にこもり、〈黒いオルフェ〉の主題曲のメロディーに勝手な歌詞をつけて時間をすごしたり、四谷の陸運局の記者クラブにもぐりこんで取材をしたり、仕事にいやけがさすと、新宿にあった武蔵野館の地下のホールでジルバやタンゴを踊ったり、西口の場外馬券売場にかよったりして、二十代の後半をけだるく無為にすごしていた。

　とりあえず食っていけさえすれば、それでいい、というのがその頃の私の正直な気持ちだったと思う。大学を自分から飛び出してしまった以上、就職難の当時としては定職があるだけでも有難かったのだ。

　小説を書こうという気持ちは、ないわけではなかった。外地からの引揚体験を翻訳の現代小説を水っぽくしたような短篇に書いてみたり、ドス・パソスのカメラ・アイをまねた稚拙な長篇を試作してみたこともある。『E熱』という題をつけた前のほうの原稿は、友人のQが読んでやると持っていったまま紛失してしまった。後の長篇は結局、途中でいきづまって未完のままに終った。

トルストイの〈芸術論〉と毛沢東の〈文芸講話〉と花田清輝の〈アヴァンギャルド芸術〉とが、うっとうしい頭の中で五目チャーハンのようにごちゃまぜになっていて、当時の私は自分の視点というものをぜんぜんみつけることができずにいた。要するにまだ小説を書く時機がきていなかっただけの話だろう。そして、たぶんそんな時機は将来も自分には訪れてこないのかもしれない、と、心のどこかで感じることがあった。

しかし、一方では、それならそれでもいい、という気持ちもないではなかった。食うや食わずでこの列島に引き揚げてきた身としては、まず当面、こうして食っていけるというだけでも御《おん》の字ではないか。雨露をしのぐ部屋だって、とりあえずは確保できているのである。

最低、食えさえすればいい、というこの感覚は、その後もずっと私の中に居すわっている。いまだってそうだ。だから新人賞に入選し、直木賞を受けて作家生活をはじめた後も、ずっと心のどこかに、いつ仕事をやめてもいい、という感覚があった。書くことをやめる、という意味ではない。職業としての作家生活を、さほどおおげさに考えたくない、というくらいの感覚だ。食っていけさえすればそれでいい、活字になってもならなくても、とにかく原稿を書きあげさえすれば、それはそれで一箇の作品ではないか。

　いまにして思えば、私という人間の心の深いところに、どうやら定住と安定を苦手とする体質があるのではないかと思う。いつも流れていたい、常に動いていたい、風のまにまに漂って生きていきたいという、隠された根づよい願望がひそんでいるらしいのである。

　大学を途中から飛び出したときも、実際にはもっと別なやり方があったような気がしないでもない。その時は、自分のほうから事務局に申し出て、あえて〈抹《まっ》籍《せき》〉という角の立つ手続きをとってもらったのだった。まあ、考えてみれば六〇年代の前半を、そんな陽の光のささない裏通りですごすことになったのも、まともに大学を卒業しなかったせいだから、青年の客気もそれなりの罰は受けているともいえるだろう。

その時代、つまり中外ビルのなかの業界紙の編集者として鬱屈《うっくつ》した灰色の日々を送っていた頃のことを、のちに『奇妙な果実』という短篇に書いて発表したことがある。もちろん小説だから、一部分フィクションとして作りあげた部分もあるが、かなり正確に当時の私の心情を写しているようだ。古い作品だし、もう文庫本も書店では手に入らなくなった。なんとなく奇妙に愛着のある作品なので、その文章の一部をここに再録してみよう。

《(前略)新宿御苑《ぎょえん》と都電の通りにはさまれたその建物の屋上からは、いわゆる二丁目と呼ばれていた旧赤線地帯の家並《やな》みがよく見えた。例の売春防止法が成立して間もなくの頃で、その建物は全く以前のままの構えを残していた。

私は仕事に疲れると、よく屋上へ抜け出して、新宿の街のたたずまいをぼんやり眺めて過したものだった。二丁目と反対の側にある御苑からは、子供の叫び声や、時にはうたごえ歌集を合唱する歌声なども流れてきた。私はどちらかといえば、御苑よりも、荒廃《こうはい》した感じのある昼間の二丁目の家並みを眺めるほうが好きだった。当時の私には、御苑の陽光に包まれた芝生《しばふ》の健康な世界から、何となく自分が拒絶されているような感覚があったのである。

私の勤めている事務所は、そのビルの三階にあった。中外ビルというその建物は、不思議な色に塗られていて、一度見たら忘れられないような印象を人びとにあたえた。モルタル四階の古い建物の外壁が、鮮《あざや》かなピンク色に着色されているのである。かなり古い建物らしく、一歩中に踏み込むと、暗い廊下や、傾いた壁や、すりへった木の階段などが、場末の安アパートのなれの果てといった感じで曲りくねっていた。

廊下は歩くたんびに奇妙な音を立ててきしみ、白っぽい埃《ほこり》が縞《しま》のように窓からさす光の中を流れた。一階の道路に面した場所は、中華料理の店になっていた。二階にはホステス専門の産婦人科医だの、整形美容研究所、法律事務所や業界紙の編集室、それに実用新案特許のトイレ掃除具の発売元、労働大臣認可の看板をかかげたマネキン紹介所といった得体の知れない企業が軒《のき》なみに並んでいる。中には三つか四つの会社が同居して一台の電話と一個のデスクを使っているような部屋もあった。

その建物に居《きょ》を構えているどの連中も、どこかインチキ臭《くさ》い、日陰の商売といった印象をあたえたのは、恐らくあの怪《あや》しげなピンク色のビルの外観のせいではなかったろうか。

私は最初、そのビルを一目見た瞬間からいやな予感がしていたのだった。やっとみつけた新しい就職先に、私はそれほどバラ色の期待を抱《いだ》いていたわけではなかった。大学の文学部を、それも途中で飛び出したような人間に、まともな職場が現われるはずがないことぐらいは覚悟していた。

それは、そういう時代だったのである。まともに優秀な成績で経済学部を出た男が、新宿のうたごえ喫茶の事務員にようやくもぐり込めたような就職難の時期だった。

私はすでにそれまで三つの零細企業と、いくつかの自由業種の仕事を通過してきていた。そして二十五歳の夏のはじめ、そのピンク色のビルにやってきたのだ。

私はそのビルの三階に一部屋きりの本社を持つ交通関係の専門紙に、編集長として迎えられたのだった。

その専門紙は、〈ハイタク・ジャーナル〉というモダーンな紙名を持っていた。交通関係の専門紙といえばきこえがいいが、つまりはタクシー屋相手の業界紙にすぎない。ハイタクのハイはハイヤーのことで、タクはタクシーの略である。その業界では、ハイタク事業とか、ハイタク行政とかいった奇妙な言葉が通用していた。最初のうちひどくその言葉に抵抗感をおぼえていた私も、いつの間にか月日がたつにつれて平気でその言葉を口にするようになって行ったのだ。

ハイタク・ジャーナル社の社長は、四十歳前後のいっぷう変った小柄な男だった。松井田政吉という、下町の大工《だいく》か、地方の県会議員ふうの名前を持ったその人物は、タクシー屋の間ではかなりの売れた顔だったらしい。

人の噂では、写真専門学校に籍《せき》をおいたことがあるらしく、十数年前まである大タクシー会社出入りの写真屋だったという。彼はそのタクシー会社に出入りしているうちに、いろんなパーティーや行事に顔を出すようになった。社員の旅行会とか、会社創立の記念行事だとか、業者の懇親会だとかいった場面に写真屋としてこまめにはせ参じ、写真を撮りまくって記念アルバムなどを作って売るのである。そうしているうちに、自然と業者の間で顔を知られてきて、そのうちある会社のPR誌の編集をまかせられるようになったのが、彼の転身の第一歩だったらしい。数年後に彼は特定の大会社の提灯《ちょうちん》記事専門の業界新聞をやり出し、記者と編集長と主筆と社主を一人でかねて十三号まで出したという。

その新聞を半年でつぶすと、彼は再びアルバム作りに精を出し、数年後に新しいスポンサーをみつけてまた業界紙をやりはじめた。彼は前回の失敗にこりて、自分は経営面だけに専念することに決めたらしい。そして実際の紙面づくりをまかせる人間をさがしにかかった。私が彼にスカウトされたのは、つまりそんな事情だったのである。

私はその時、ある広告代理店でPR誌の編集長をやっていた。たまたまそのスポンサーがタクシー会社もかねた私鉄だったことから、私が彼の目にとまったのだった。

おそらく私が彼の気に入ったのは、私の給料が驚くほど安かったせいだろう。

たとえ私を引抜いて五割アップしたところで、当時の一般の編集者の月給よりははるかに低かったにちがいない。

私は当時、失業保険で食べていたのだ。そのPR誌の編集の仕事に移る前の職場がつぶれたとき、退職金がわりに失業保険をうまく操作してくれたのである。そのため私は当分の間、毎週一日だけ職業安定所に行く必要があった。私が安月給に甘んじていたのは、保険の金がはいるためと、週一日、普通の日に休むことをその社が認めてくれたからだった。

私はそんな時期に松井田政吉という男に引抜かれた。そして新しい職場は新宿の目抜き通りにあるビルの三階で、私のために編集長のポストを用意すると言われたのだった。

私は松井田というその四十年配の小男に、あまりいい印象を受けなかったが、新しい新聞の創刊という仕事に魅力をおぼえてOKした。そろそろ失業保険も先が見えてきたところでもあったし、同じ職場に少し飽《あ》きてきたところだったのかもしれない。私はそれまで、ひとつの仕事を一年と続けたことがなかったのだった。

〈ハイタク・ジャーナル〉はタブロイド判四ページのグラフ新聞だった。それを決めたのは私ではない。松井田社長が最初からそれで行くと宣言したのだった。

彼はおそらく以前の業界紙発行でこりていたのだろう。新聞という見栄《みえ》を捨てて、自分の守備範囲である写真を生かそうという考えらしかった。紙はグラビア用紙のいいものを使う。そして一面は一枚の大きな写真で埋める。他の面でもできるだけ写真を使おうというのが彼の考えだった。

私は最初の日、その建物に連れて行かれた時からすでにやる気をなくしてしまっていたようだ。彼はタクシー会社から払い下げてもらった愛用の日野ルノーを乗り回していた。その車の助手席に私を乗せて本社のビルへ案内してくれたのである。

「これがわが社のビルだ」

と、彼が道路際《ぎわ》に車をとめて指さしたとき、私はしばらくどの建物を彼が示しているのか見当がつかなかった。目の前には、毒々しい支那竹や鳴門《なると》を載せたラーメンが飾ってある中華料理店しか見えなかったからである。

「どのビルですか」

「これだよ、これ」

ルノーのせまい窓から首を突き出してみると、そこにピンクの建物があった。その色はひどく恥ずかしい桃色で、ポークハムの切り口か、仔犬の腹の肌色に似ていた。

「これですか」

「ああ、中へはいってみよう。三階だぞ」

松井田社長は私のがっかりした表情には全く気づかぬように、元気な声でルノーのドアを開け外に飛び出した。体が小さいだけに、動作が活潑で、声だけはひどく大きな男だった。

三階にのぼって行くにしたがって、私はいっそう意気消沈していった。新宿の目抜き通りという彼の言葉は、まんざら嘘でもなかったが、私のイメージとはかなりかけはなれていたのだった。さっき見たところでは、道路をへだてて二丁目の元赤線があったし、ビルの隣りには中外ニュースとかいう怪しげなニュース映画館が、ニュースとは何の関係もないストリップの実演の露骨な看板を並べているのだ。

「暗いですねえ」

「うちの社は明るいぞ」

松井田社長はダブルの背広の片方のポケットに手を突っ込む保守政治家のような恰好《かっこう》のまま、トントンと素早く傾いた階段を駆け上って行った。

「これだ」

ガラス窓に金文字でハイタク・ジャーナル社、と書いてあるドアの前で立ち止ると、彼はちょっとネクタイに手を当ててドアの中へはいって行った。

「ただいま」

「おかえりなさい」

白衣を着た看護婦のような若い女が、机の上の裁断器で写真の縁《ふち》を切り落しながら、振り返りもせずに言った。

「D交通の城野さんからさっきお電話がありましたよ」

「何だって？」

「お嬢さんの結婚式のアルバム、十五部追加してくれって」

「ほう。売行きがいいじゃないか。あれはいい写真とったからなあ」

「代金は広告料に上乗せして請求しろって」

「よし」

松井田社長は、壁際の大きなスチールの机の前に腰をおろし、ここがわが社の編集室兼暗室だ、と言った。

「それからこちらが経理と写真の仕上げをやってくれる宮田くん。もう五年前からのおれとのコンビだ。おい、これが新しい編集長、ほら、ちゃんと挨拶せんか」

「よろしく」

宮田と紹介された娘は、あいかわらず写真を切る手を休めず、背中を向けたままそっけない口調で言った。私は黙ってちょっと頭をさげ、社員はこれだけか、ときいた。

「冗談いうな。小《しょう》なりといえどもちゃんと陸運局記者クラブに正式加盟している新聞社だ。営業担当の次長がもう一人いる。今のところは三人だが、新聞が出だしたら記者見習いを一人やとうつもりだ。週刊だからそれで充分だろう」

「はあ」

「きみは体力には自信はあるか」

「ええ、まあ」

「タクシー屋は朝が早い。朝駆けをやらなきゃ社長連中はつかまらんからな。しばらく業界の事情になれるまで、おれについて朝の取材につきあってくれよな。朝六時に社の前に車をつけるから」

「朝の？　六時ですって？」

「そう。きみも若いんだから精々がんばってもらう。そのかわり給料はきちんと払うから」

向こうをむいたまま手を動かしている宮田女史が、社長は平気でも新人は可哀相だわ、と独《ひと》り言《ごと》のように言った。

えらいところへ来た、と私は思ったが仕方がなかった。私はそんなふうにして、ピンクのビルの住人になったのだった。

その仕事をはじめて三カ月ほどは、それでもかなり真剣に働いたと思う。

私は鷺宮《さぎのみや》のアパートから朝五時半には出かけた。六時には社のビルの前に駆けつけなければならない。

西武新宿の駅から人通りの少ない新宿の街をひた走りに走ってピンクのビルのそばまでくると、もう松井田社長の中古ルノーは、白い排気を吐きながら私を待っているのだ。

「おそいぞ」

と、社長は眼鏡の奥の小さな目を光らせながら内側からドアを開ける。よく磨いた靴とダブルの背広と、いかにも田舎《いなか》くさい胸ポケットの白ハンカチとが、この男の素姓《すじよう》をしごく曖昧《あいまい》なものに見せていた。

襟に記者クラブの金色のバッジをつけているので、町会議員のような感じもする。髪をポマードで固め、七三に分けているところや、浅黒い角張った顔、抜け目のなさそうな目付きなどは総会屋の幹部のようでもあり、手形のパクリ屋のようにも見えた。

彼はどうやら自分がインテリでないという自覚があったらしい。そしてその点でなにがしかの劣等感と、また逆に腕と才覚で小なりといえども社長の立場を築いたという自信をあわせて抱いているようだった。そのため、彼は私たちインテリくずれの編集者と話す場合は、できるだけ話題が一般的な問題に拡がることを注意ぶかくおさえ、極力自分の専門の分野に限ろうとつとめているのが感じられた。

彼の専門というのは、つまりハイタク業界の内部事情であり、陸運局や業者の協会や、道交法に関する問題なのである。実際、彼は東京都内に何百とあるタクシー会社の社名や企業内容、社長やその一族の資産から家内の事情まで恐ろしくよく記憶していた。

朝方、ルノーを走らせながら目的の会社に着くまでの間、彼はすれちがうタクシーや、通過するタクシー会社の社名を読みあげては、そこの社長は誰々、車の台数は何台、どこの資本がどうはいって、社長の二号は元どこそこの何子、組合の強弱から経営内容まで、一語のよどみもなくとうとうと喋り続けるのだった。

「おぼえとけよ。業界紙をやっていくにはな、一に顔、二に情報、三、四がなくて五が度胸《どきょう》。都内どこの会社の社長と会っても、向こうからようと手をあげられるくらいでないとだめだ。おれは大手の〈交通日報〉や〈日刊ハイタク〉みたいに運輸大臣や大学の教授にインタヴューしたりする才覚はもたん。だが、運輸行政がどうの、未来都市の交通がどうのと、あんなもの現実には百円の金にもなるもんか。おれはね、日暮里や荒川の小会社の社長の息子の入学試験合格の記事や、娘の七五三の写真だってのっけてやるんだ。体裁《ていさい》じゃない。金になるのはそういうところなんだ。きみもそこを勘ちがいせんでくれよ」

松井田社長は、喋り出すとかなり雄弁だった。片手でハンドルをあやつりながら手を振ってフロントグラスに唾《つば》を飛ばす小男の横顔を、私はうっとうしい思いで眺めるのだった。そこには、やりきれないという感じと、その率直《そっちょく》なエネルギーに感心する気持ちと、両方入りまじっていたと言っていい。

私はそんなふうにして、彼の中古ルノーで都内の中小タクシー会社を早朝回って歩き、松井田政吉に負けず劣らず現実的な一国一城の主《あるじ》たちと顔つなぎをした。彼らはそろって率直で欲が深そうな陽気な男たちだった。そして松井田のもたらす他社の噂に、興味がなさそうな顔で、内心注意ぶかく耳を傾けるのだった。そして松井田社長は、その場で聞いた話を土産《みやげ》にまた別な会社へ回って行った。

情報は時に銀行とのトラブルとか乗務員対策とか協会の理事改選の動きとかいった固い話題の時もあったが、ほとんどはゴルフや芸者や釣りや、またブルーフィルムや競馬などに関するものだった。私は松井田社長が、相手とひそひそ囁《ささや》き合ったり、肩を叩いて大笑いしたり、また露骨な追従《ついしょう》を言ったりするのを、遠い風景のような感じで眺めていた。実際、当時の私は、将来物書きとして一本立ちする夢をいまだに捨てきれずにいる文学青年の端《はし》くれだったのである。自分にとって今の職業はしょせん食うための身すぎ世すぎだ、という気持ちが私をそんな傍観者的な人間にしていたのだろう。

早朝のタクシー会社回りは、二週間ほどたって中止になった。

ひとつは、私があまりにもしばしば遅刻するためであり、もうひとつの理由は社長が私という人間に幻滅したからのようである。

「どうもきみには覇気《はき》がないなあ」

と、社長は私の顔を打ち眺めながら溜め息をつくのだった。

「だいたいきみは出かけた先の社長連中に紹介しても、ちゃんと挨拶したことがないじゃないか。よろしく、なんてぼそぼそっと口の中で言うだけで、後はぼさっと突っ立ってるだけだ。この社は活気がありますねえ、乗務員の目の色がちがいますよ、くらいのことがどうして言えんのかね。え？　それに一度紹介した相手とよそで出会ったりしても、全然おぼえとらんじゃないか。困るなあ、きみには」

自分はこういう業界には向かないのかもしれません、と私は言った。

「もしあなたがそう判断したのなら、ぼくは退社してもいいですよ」

「そういうわけにもいかんだろう」

と、社長は舌打ちして大きな溜め息をついた。「きみも食わなきゃならんし、それにおれが引抜いてきたんだからな。こっちにも責任はある」

「気にしなくてもいいです」

「まあ、もう少し様子を見てみよう。ただし朝の取材はおれ一人でやる。きみは紙面のほうの責任を持て」

私はすみませんと謝《あやま》って早朝の仕事を降りた。実のところ、こんなに毎朝早く起きるくらいなら自殺したほうがましだと考えていたのである。

週刊のグラフ新聞のほうは、予定通り順調に刊行されていた。新聞といってもたかがタブロイド判四ページのチラシ同然のしろものだ。名前だけは〈ハイタク・ジャーナル〉と堂々たるもので、一面全部をつぶしてのグラフは、ちょっとした迫力があった。

迫力といっても、それはきわめて特異な形での迫力であり、およそ専門紙としての使命とはほど遠いものだった。

私は高校時代に新聞部の責任者として、新聞の紙面の整理、割付け、大組みの立ち会い、校正などの作業には、ひと通りなれていた。さらに前の代理店時代のPR誌の編集のキャリアで、紙面づくりに関してはかなり巧《うま》くやったと思う。ただし、のせる写真や記事については、これは私の好みで選択する権限はなかった。

通常、一面の全面グラビアは、都内のタクシー会社経営者と本紙松井田社長の対談の写真が大きく扱われた。

〈運・鈍・根〉だとか〈社員みな家族〉とか書いた色紙《しきし》を背に、〈本紙松井田社長とハイタク事業の体質改善について語りあう〇〇〇氏〉といった写真がのるのである。

二面には〈優良運転手訪問〉だとか、〈わが社の社風〉だとか、陸運事務所の人事異動や協会の決議などの記事が申し訳程度に掲載《けいさい》されている。下半分はタクシー会社の社名広告だった。

三面は業者たちのゴルフの記事や、素人芸を披露したりしている写真が堂々とトップを飾っている。〈私の信念〉だとか、〈交通安全協会会長就任の弁〉とか、各社対抗野球観戦記だとかいった記事がほとんどだった。ゴルフの写真は、時に連続分解写真で大きく扱われる場合もある。

四面は各社の経営者の家庭に関する記事で埋められた。〈〇〇社長が初孫《ういまご》誕生に莞爾《かんじ》〉だとか、〈両家盛大なる華燭《かしょく》の宴〉だとか、〈令息の渡米を見送る親心やいかに〉〈お得意の詩吟に全社員が感動〉だとかいった記事と写真がぎっしり並ぶのだ。

私は最初のうちは社長のそういった編集方針にかなり抵抗したのだが、しまいにあきらめて逆に自嘲的な紙面を作るようになった。どうせ業界の提灯持ちだ、そうならそうと中途半端に照れずにあざとくやってやれ、という心境で覚悟を決めたのである。そしてそういったやけくその立場で居直《いなお》ってしまうと、そんな新聞を作るのもそれほど気にはならなかった。

私は外回りの仕事から解放されると、社長と、もう一人中年の営業担当者の拾ってくるニュースや情報を要領よくまとめて、紙面に押込んだ。その限りでは、私はかなり有能に働いたと思う。

編集室の隣りにあるニュース映画館が私の注意を引いていた。

中外ニュース、と名前だけはニュース専門の映画館だが、客たちはそこに国際情報を知りたくてやってくるのではなかった。映画の後につく、ヌード・ショーの実演が客を集めていたのである。むしろその意味ではニュースのほうが付録のようなものだった。

私の働いている編集室は、その映画館のちょうど楽屋口の真上にあった。楽屋口の先はせまい裏庭になっており、いつも男物のパンツや女のシュミーズなどが風に揺れて見えた。

私の仕事が一段落すると、暗室で現像や焼付けの仕事をやっている宮田女史に気をつかいながら、窓からその映画館の楽屋口を眺めて時間をつぶした。おそらく一日四、五回の公演があるのだろう。ある一定の時間をおいて、楽屋口から踊り子たちが外へ出てくるのだ。

天気のいい日など、楽屋口のコンクリートの階段に数人の女たちが腰をおろし、上にガウンかバスタオルを引っかけただけの恰好で腰かけていた。

仲間と喋りながらこまめにレース編みの針を動かしている子もいたし、マニキュアをしたり、張り切った太腿《ふともも》の内側を指でもんでいる娘もいた。時には七輪を出してきて、魚を焼いたりすることもある。

彼女たちは日光の下では、どの娘も厚化粧《あつげしょう》が目立ち、美しくは見えなかった。横腹に盲腸の手術の痕《あと》のある子や、背中に赤い発疹《はっしん》の見える女もいた。どの踊り子も何となく世帯《しょたい》じみて、地方の農村からつい最近出てきたような体つきだった。

私は最初は窓を細目にあけて、相手に気づかれないようにのぞいていたのだが、そのうちに大胆になって、窓から上体を乗り出して彼女たちをじろじろ眺めるようになった。

「エッチ!」

とか、

「見世物じゃないよ」

などと上を向いて文句を言う子もいた。だが、こちらが平気な顔で手を振ったりすると、中にはピンク色の歯ぐきを見せて笑い出す娘もいた。

ある日の午後、下で笑い声がきこえるので窓を開けてみると、踊り子たちが石段にかたまって追分《おいわけ》だんごを食べているところだった。一人が私をみつめて、竹串にさしただんごを見せびらかすようにして叫んだ。

「欲しいかい。食べたけりゃここまで降りといで。可愛がってやるから！」

それから彼女は大きな口を開けて、竹串のだんごをさもうまそうにかじってみせた。私は苦笑しながら、机の上のコップにさしてあった赤いガーベラの花をちぎって、その娘のほうに投げた。娘はそれをひょいと素早く受けとめると、あたしにくれるの？　と言った。

「きみにあげるよ」

「ありがとう」

と彼女は答え、仲間と一緒に石段の上で何かひそひそ相談しはじめた。それからわっと不意に踊り子たちが笑い出し、なかには立ちあがって跳《は》ねながら笑う女もいた。私の投げた花を受けとめた娘は、大柄の色の浅黒い子で、少し膝が曲っていて、美人とは言えなかったが、素朴な人の良さそうな顔をしていた。その彼女は、何か仲間と囁《ささや》きかわすと、いったん、楽屋口から姿を消し、一、二分してまたもどってきた。彼女は赤いガーベラを大事そうに突き出した胸のブラジャーの間にさして、少し上気したような赤い顔をしていた。

彼女は手に一本の竹串に刺しただんごを持っていた。そして私のほうを見あげて、花のかわりにこれあげるわ、と、少し笑いながら言った。そして竹の皮でそれを包むと、

「投げるわよ。いい?」

「ちょっと待ってくれ」

私はそれを受けとめる自信がなかったので、机の下においてあった平たい針金の籠を出し、それを両手で構えた。

「せーの、ほら！」

まわりの踊り子たちが掛け声をかけた。娘はソフトボールを投げるように、アンダースローでだんごの包みを放《ほう》った。竹の皮に包まれただんごは、きわどいところで籠の端に当たって中に転《ころ》がりこんだ。

「うまいぞ！」

「ありがとう」

と、私は手を振って言った。何か久しぶりで素直な気持ちに返ったようで、ひどくうれしかった。私は窓枠《まどわく》に腰かけたまま、竹の皮をはずし、黒い餡《あん》がのっている草色のだんごにかぶりついた。

「お兄さん、どう？」

と、下から女の一人が笑顔できいた。うまい、と私は口をもぐもぐさせながら言った。その時、奥歯の間で何かきしんだような感触があった。だんごの中に竹の皮のかけらでもまじっていたのだろうと私は思った。舌の先で押出し、指でつまんでみると、それは竹の皮ではなかった。黒くちぢれた、五センチほどの毛髪のようなものだった。

一瞬、下で息をのむような沈黙があり、すぐにどっと弾《はじ》けるような笑い声がまきおこった。

「うまかったってさ」

「ああ苦しい」

踊り子たちは石段の上に折り重なってお互いの背中や肩を叩きながら笑い転げていた。

「これが本当のおいわケだんご、か」

「いやらしい、この人」

私はしばらくじっと耐《た》えていた。それから指につまんだちぢれた毛を窓枠になすりつけ、口の中のだんごを外に吐き出した。そしてひどくぐったりした気分で洗面所へ行き、水で口をゆすいだ。歯の間に、まだあのギシギシという妙な感触が残っていた。鏡を見ると、顔色の悪い神経質そうな男の顔が険《けわ》しい目付きでこちらを見ていた。それが自分だと気付くまでに、少し時間がかかった。

私はその時、なぜか理由もなく、早く二十代が過ぎてしまい中年の男になればいいのにと思った。そして、一種自嘲的な感情に動かされて再び窓のところへ行った。舞台でショーが始まったらしく、楽屋口には誰もいず、かすかに〈ハーレム・ノクターン〉の装飾的なサックスのメロディーがきこえていた。

私は窓枠に手をのばし、さっきこすりつけた黒いちぢれ毛をつまんで空にかざした。新宿御苑の方から吹いてくる風の中で、その艶《つや》のあるしなやかな毛がかすかに震《ふる》えるのを、私は複雑な気持ちでみつめた。それからその毛を定期入れのセルロイド板の下にはさみ、ポケットにしまい込んだ。

新聞を毎週一回作るだけの私の仕事は、とりたてて面倒なものではなかった。だが、松井田社長としては、そのためだけに私をやとっておくのは不本意だったらしい。

彼は新聞の発行がどうやら軌道に乗りはじめると、私に新しい仕事を命じた。それは彼の撮影の助手をつとめることだった。

一週に一度か二度はあるスポンサー筋の行事や集会に、彼は私を連れて出かけることに決めたのである。それは業界の有名人の表彰式のこともあったし、また青山斎場で行なわれる盛大な告別式のこともあった。私はそんな場合に腕に〈報道〉と書いた腕章をまき、カメラ機材のバッグや三脚、ライトなどをかついで社長の後にしたがうのである。〈報道〉の腕章は宮田女史がキャラコの布を持ってきて縫《ぬ》ったものに社長がマジックで書きこんだものだった。彼はその中古のルノーにも〈ハイタク・ジャーナル〉という旗を立てたがっていたのだが、旗となると手製《てせい》では間にあわず残念がっていたのである。

私は社長の指示にしたがって三脚をすえ、カメラを交換し、ライトを高くさしあげて撮影を手伝った。さすがに写真屋あがりの彼は、明るく、綺麗《きれい》な記念写真を撮るのがうまかったようだ。彼は私を軍人口調で叱《しか》りとばし、特にライティングにはうるさく注文をつけた。週に何度もそんな席に出入りしているうちに、やる気のない私もいつの間にかカンでどこへ明りを当てるべきか見当がつくようになって行った。ライトのレンズをガーゼで覆《おお》ったり、天井の反射光や間接照明を使ったりすることも覚《おぼ》えた。

だが、何度くり返しても、その仕事を好きになることはなかった。ことに私は結婚式の披露宴というやつが苦手だったのである。だがそれは、松井田社長にとって最も得意なチャンスでありアルバムを作って稼ぐことのできる大きな財源なのだった。

タクシー会社の経営者の息子や娘たちは、実際よく結婚式をした。考えてみれば、何百人という社長たちにそれぞれ何人かの子弟がいるのだから無理もない。タクシー会社の経営者たちは、それもかなり派手な婚礼をやるようだった。一流ホテルや式場で、ＮＨＫの人気アナを呼んできて司会をさせるのが流行していた。最も有名なアナウンサーの場合、司会だけで三十万円という礼金を包むこともあったという。時には現職の運輸大臣が列席することもあったのだ。

そんな時、私は社長の中古のルノーで、ひどく重たい気分のまま機材をかついで出かけた。

社長は、式や披露宴の場面を実に得意そうな顔で、ゴキブリのように走り回り、撮りまくるのだった。

「はい、そこ!」

とか、

「6×6を」

などと鋭いおさえつけた声で指示しながら、テーブルの下や、新郎新婦の背後を駆け抜けるのである。私はその度《たび》に足音を立てぬように三脚を運んだり、レンズを交換したり、ストロボを当てたりした。実際、松井田社長は、甲斐がいしい働きぶりを来客全員に印象づけようとして、全く必要もないのに望遠レンズや数台のカメラを駆使《くし》してみせるのだった。

私は私と同年輩の社長の令息や娘らの紅潮した頬にライトを向け、食事や乾盃《かんぱい》の間じゅう絶《た》え間《ま》なく体を動かしていなければならなかった。会が終り、新郎新婦が大型のハイヤーで箱根とか羽田空港に出発する際には、走り出す車に伴走《ばんそう》して車内のお二人の横顔を撮るのである。

私はそのことで別に惨《みじ》めな思いを抱くことはなかった。ただ、自分がいつも慢性的な空腹の状態でおり、そのため卓上のローストビーフや舌びらめなどを、客たちが半分も手をつけずに残すのがひどく気になって仕方がなかった。

ある日、やはり有名な大会社の二世の披露宴で、代議士のスピーチの最中、司会者から小声でたしなめられたことがあった。

ライトを持って走り回っている私の靴の音がうるさいというのである。その日、私は半張りをした靴の底に、いくつかの鉄の鋲《びょう》を打ったばかりだったのだ。一足の靴をできるだけ長もちさせるために、それは是非とも必要なことだった。ただ困ったことに、その会場は床がクラシックな木張りになっていたのである。

「馬鹿！」

と、そのとき社長が私に囁いた。司会者に注意されたことで彼はかっと頭に血がのぼったらしかった。

「足音を立てるなといつも注意してるじゃないか」

「音をたてないようにするなら、そうっと歩くしかないですよ。あなたが早く動きすぎるんです」

私は社長と呼ぶべきだったのだろう。ことに人前ではそう呼ばねばならなかったのだ。

「靴を脱《ぬ》げ！　靴を」

と彼はどもりながら目を三角にして言った。

「靴を脱ぐって、はだしになるんですか」

「そうだ！」

私はしばらく黙っていた。社長の額《ひたい》に青い血管がふくれあがるのが見えた。新郎新婦は、私のすぐ斜め前で、くすくす笑いながら代議士のかなりエロチックなスピーチを拝聴していた。

「どうしても脱ぐんですか」

と、私はたずねた。私は死んでも靴を脱ぎたくなかったのだ。その日はいてきた靴下には、左の親指がすっぽり顔を出すくらいの穴があいていたのである。

「脱ぐんだ」

と、社長が右手を握りしめて唸《うな》った。私は一瞬、木の床のモザイク模様を眺め、私と社長の小声のやりとりを横で聞いている制服のウエイターの顔をみつめた。それから手にもったストロボを床におき、ポケットからフィルムを出すと腕章と一緒に足もとにおいた。

「なにをやってるんだ」

「やめます。靴を脱ぐのが嫌いなものですから」

と、私は言った。そして木の床に鋲の音が鳴るのを無視して出口のほうへ歩いて行った。


それはたぶん、そのビルの住人になってから半年くらいたってからのことだろう。はっきりは憶えていないが、何となく風の強い日の午後だったように思う。

私はその式場からバスで新宿へもどった。編集室へ帰りつくと、白衣を着て焼いた写真の整理をしていた宮田女史が、いま社長から電話があった、と言った。

「帰ってくるまで待っているように、って言ってたわ」

「おれはこの社をやめることにしたんだ」

と、私は言った。

「そう」

宮田女史は感情を表に出さない声で言い、そのほうがいいわ、と呟いた。

「あんた、詩かなんか書いてるんでしょう？」

「シナリオの勉強をしてるのさ」

「じゃあ勤めなんかやめて、それだけやんなきゃ。苦節十年なんて言うじゃない」

「働かないと食えないもの」

「食えなくたってやるのよ」

「うん」

私は宮田女史に、社長によろしく言っておいてくれ、と頼み、その部屋を出た。

暗い階段を降り、ギシギシきしむ廊下を抜けて外に出ると、風で倒れた隣りのニュース映画館の立看板が目についた。ヌードの踊り子が、足を左右に開き、手で腿のつけねを隠しているポスターがはってある。その踊り子の顔と体つきには、見覚えがあった。いつか、私にあの追分だんごを放《ほう》ってくれた大柄な娘だった。

私は何となく風の中に立ったまま、頭上のピンクのビルを眺め、それから地上の倒れた看板を眺めた。そしてそのポスターの中に、美鈴アケミという名前をみつけると、ゆっくり隣りの映画館の受付に回って行った。

入口のところでモギリの娘に、美鈴アケミさんに面会したいのだが、と私は言った。

「あんた、だれ？」

と、その娘はけげんそうな顔できいた。

「知合いのものだけど」

「ちょっと待ってよ」

娘は受話器を取りあげて、楽屋へ回して、と言い、アケミって人にご面会、と甲高《かんだか》い声で叫んだ。

「誰だか知らないけど、知合いだって」

それだけ伝えると、その娘はガシャンと受話器をおいて読みかけの雑誌に目を落した。

「だあれ？　あたしの知合いって」

サンダルばきの大柄な娘が、ガウンの前を合わせながら廊下から出てきた。私の顔をみて、あ、と、すぐに口に手を当てて首をすくめた。例の一件からしばらくたっていたが、それでも私の顔はよく憶えていたらしい。

「こんにちは」

と、私は言った。

「どうも」

と、彼女は首だけをかくんと前に曲げて、

「あの時はごめんなさいね」

「いや、そのことじゃないんだ」

私は手をふって、

「あの会社をやめることになったんでね」

「そう」

「だからもうきみたちを見ることもないだろうと思って」

「へえ。やめちゃうの。どうして」

「ちょっとね」

「ふーん。いろいろあるもんね。うちらだっていつやめるかわかんないし」

「隣りのビルにいたけど、一度もここのショーのぞいたことないんだ。最後に見ておこうという気になったもんだから」

娘の表情が急にぱっと華《はな》やいで、目が大きくなった。

「そう」

と、彼女はうなずいて早口で言った。

「はいんなさいよ。ただで見せてあげっから。もうすぐニュースが終ったら始まるんだ。あたし、ソロを踊るからね。うんと張り切って踊るから。さあ」

「ありがとう」

だめよ、アケミちゃん、とモギリの女の子が雑誌を見たまま言った。アケミは、いいから、と、私の手を引っぱり、客席の前の方のドアから押込んで身をひるが

えすと、

「じゃあね」

スクリーンに写っていたニュースが終った。客席が明るくなって、客席めがけてうしろの客がどっとなだれ込んだ。私は人混みの中を無抵抗に流されて前の席に押しこまれた。

やがてブザーが鳴り、ディキシーランドふうのオープニングとともに、あたりが急に暗くなった。客席は、ショーの開幕をしんと静まり返って待つ姿勢になった。どこか下のほうでかすかな精液の臭《にお》いがした。私はそのとき不意に、あの日の奥歯の間にきしむような感触を思い出した。それは苦《にが》い記憶としてではなく、奇妙に懐しい追憶として私の中によみがえってきた。

その日、舞台が終って、私はニュース映画を見ずに外に出た。街は少し暗く、風はやんでいた。新宿のネオンサインが、書割《かきわ》りの風景のように見えた。

私はあのアケミという娘に礼を言うべきかどうかを考え、その必要はないと判断して歩き出した。

彼女はつい今しがた、スポットライトの中で驚くほど白く美しい肌の女に変身して、〈セントルイス・ブルース〉を踊ったのだった。アケミはあの昼の光の中では、色の浅黒い、肌の乾いた田舎くさい少女だったが、ステージではちがった。彼女は客席の間に突き出している円形のデベソの部分で、弓のように体をそらせて横たわり、私の目の前に体を近づけたのだった。そして両手を背中に回してブラジャーを外《はず》した。少し長すぎるような乳房が、私の顔に触《ふ》れそうな場所に現われた。それは、日光を受けずに成長した瓜《うり》のような乳房だった。アケミは私の顔をじっとみつめて大きくウインクし、ごめんね、と小声で呟いた。そしてその奇妙な果実のような乳房を両手で支《ささ》えながら立ち上り、舞台中央で腰を回しはじめたのだった。

私の目の中には、あのごろりと胸の谷間から転がり出した瓜のような乳房のイメージが残っていた。その乳房は、娘のものではなく、あきらかに母親のそれだった。

私はそのことを考えながら、歌舞伎町のほうへ歩いて行った。これからどうしよう、と考えたが、答はみつからなかった。松井田政吉という男は、憎めないところもあったが、彼の生きている世界に私は向かなかったのだ。

あの会社に勤めてライトの当て方だけは覚えたな、と私は思った。今月の部屋代は、冬の布団を質入れすれば半分は作れる、と頭の中で計算しながら、私は区役所通りを過ぎ、さらに人混みの中を進んで行った。

〈キーボード〉というジャズ喫茶の前まできて、私はふとジャズが聞きたい、と思った。ディキシーランドの若手のバンドが出ているようだった。私はポケットをさぐって二百円を払い、その店の二階に上って行った。

舞台では、シカゴふうの歯切れのいい軽快なテンポで、〈ザッツ・ア・プレンティ〉をやっていた。前の席の青年たちが、膝で調子をとっている。私はコーヒーを頼むと、椅子の背にもたれかかって大きなあくびをし、それからクラリネットのソロを耳の端で聞きながら目をつぶった。

いつの間にか私はそのまましばらく眠り込んでしまっていたらしい。

肩を叩かれて気がつくと、舞台は終ったらしく、幕がおりていた。

「眠られては困るんだけどね」

と、ボーイが首を振って言った。

「眠ってるんじゃない。考えてたんだ」

「目を閉じて考えないでください」

私はボーイに何か言おうとして苦笑してやめた。そして立ち上って外へ出た。

新宿の夜がようやく始まろうとしていた。そこここでキャッチの女たちが目を光らせている。

〈女を抱きたい〉

と、不意にそう思った。

〈あのアケミという娘を誘ってみようか〉

私は突飛《とっぴ》なことを考え、それが突飛なことであると意識しながら、試《こころ》みてみるつもりになっていた。

公衆電話のボックスにはいって電話帳をしらべ、中外ニュースの番号をみつけてダイヤルを回した。

「はい」

中年の男の声だった。

「アケミさんをお願いします」

と、私は言った。

「どちらさんで」

「知合いのものですが」

「どういう用事かね」

と、その男の声は横柄《おうへい》に言った。

「本人に出てもらえばわかる」

「本人にねえ」

男の声が切れて、しばらくすると、確かにさっきの娘の声が伝わってきた。

「もしもし」

「アケミさんですか?」

「そうよ。あんただれ？」

「さっきショーを見せてもらった者だけど」

と、私は言った。アケミの声がすぐに返ってこなかった。少し間をおいて、

「本当にだれなの？　名前言いなさいよ」

「さっきそっちにただで入れてもらった者だけど、ほら、隣りのビルの——」

「知らないわよ。そんな人」

「だってほんのいまきみは——」

「じゃあ切るわよ。ばかばかしい」

電話はガシャンと音を立てて切れた。私はたぶんそうなるだろうと思った通りになったことで、それほど落胆もしなかった。

電話ボックスを出て、時たま寄る一杯飲み屋へ向かって歩いた。

「めずらしいわね、どうしたの？」

演劇をやっていたという喋り方のはっきりした女が、私の顔を見て言った。

「ウメワリ」

と、私は言った。学生の頃、そんな安酒をよく新宿で飲んだものだった。

「ウメワリなんてないわよ、そんなもの。本当の泡盛《あわもり》ならあるわよ。飲む?」

「うん」

「お勘定たまってるの忘れないでね」

「忘れない」

と、私は言い、コップの泡盛を半分ほど一息にあおった。しばらくすると、かすかに酔いが回ってくるのがわかった。私はさらに半分の泡盛を一息で空《あ》け、もう一杯お代りをたのんだ。

「おれ、今日、勤めやめたよ」

「そう」

私はポケットをさぐって、定期入れをさがした。いつかその中に押し花みたいにしてしまっておいたあの娘の毛がはいっているはずだった。ちぢれた黒い毛は、もう幾分艶《つや》のなくなった感じで定期入れの隅《すみ》にはさまっていた。

「これ」

と、私は言い、その毛をつまんで女の前にさし出した。

「なによ、それ」

「毛」

「冗談はやめて！　いやねえ」

女は顔をしかめて盛りつけてある皿を手でおおった。

「早く捨てなさい。気持ち悪い」

「気持ち悪くなんかない。これは中外ニュース劇場のナンバーワン・スター、アケミちゃんのあそこの毛です」

私は自分がかなり酔っているな、と感じた。そして、もっと酔いたいと思った。私は泡盛のコップを一息にあけ、勘定はこの次に必ず払います、と言って店を出た。学生時代から通《かよ》っている店で、一応の信用はあったのだ。

新宿の雑踏の中で、私はふとひどくアケミというあの踊り子を恋しいと思った。アケミちゃん、と私は呟き、左手の中に握りしめていた短い毛をネオンの光にかざして見た。それはちょっと赤茶けた感じで、以前よりも少し痩せ細ったように思われた。

その時、決定的な酔いが回ってきた。私は急に足をとられて、その場に尻もちをつき、あたりを眺め回した。そして、不意にひどく優しい気持ちになり、指につまんだ短い毛を口の中に押しこんだ。舌で奥歯のところまで押しやり、歯をこするようにして嚙んでみた。その時突然、あの日の奇妙な感覚がよみがえってきた。私は地面に坐ったまま、ひどく幸福な気持ちで目を閉じた。(後略)》

3

さて、こんな具合に鬱屈《うっくつ》した、いや、鬱屈などという文学的な気分とはほど遠いルーズでよどんだ日々が続くうちに、ふと、またいつもの一所不住の風が心の奥に吹きはじめるのが感じられるようになってきた。

大学をヨコに出て以来、すでに職場は三つほど渡り歩いている。いずれも一年とは続かなかったが、どこにいても自分では一国一城の主《あるじ》のつもりでいたらしい。

〈天国にて伺候《しこう》するよりも、地獄にて君臨《くんりん》せん〉というほど肩肘《かたひじ》そびやかして生きていたわけではない。しかし、いつも自由でいたい気持ちを捨てることだけは、どうしてもできずにいた。職場のルールにしばられ、人に使われることにも飽きて、なにか自分の個性や能力だけで生きる道はないものだろうか、と、常にぼんやり考えつづけてはいたのである。

そんなおりに、ある日、知人の加藤磐郎《いわお》さんから、「ジングルのヴァースを書いてみませんか」と、誘われたのだ。加藤さんは音楽家で、学生のころ東混（東京混声合唱団）で歌っていたこともある青年である。その後、あちこちのコーラス・グループの指揮や、編曲なども手がけていたが、いつのまにかCM音楽の制作会社に入社し、やがてプロデューサーとして働きはじめていたらしい。

その頃はまだコマーシャルの世界も、赤ん坊が大きくなって、やっと幼稚園に通いはじめたくらいの時期だった。なにしろテレビのカラー放送がようやく開始されたばかりだったし、ニッポン放送のオールナイト放送もスタートして、夜の世界もすこしずつ活気づきつつあった時代である。FM東海がラジオのFM波を出しはじめたのも、たぶん六〇年になってからのことではあるまいか。

そんなわけで、私だけでなく、世間一般もコマーシャルなどというものには、それほど関心がなかった時期だし、いきなり「ジングルのヴァース」といわれても、面くらうばかりである。そもそもジングルというのが何かさえ見当がつかなかった。

加藤さんの話によれば、どうやらジングルというのはCMソングのことであるらしい。アメリカの業界ではもっぱらジングルと呼んでいるという説明だった。ヴァースのほうは今でいうコピーと考えればいいのだろうか。もっとも音楽といっしょにうたわれる歌の文句だから、日本語でいう歌詞のことにちがいない。要するにラジオやテレビで使うコマーシャル・ソングの、歌の文句を作ってみないか、というおすすめなのである。

加藤さんとしては、私が学生時代に〈凍河《とうが》〉とか、〈現代芸術〉とかいった刊行物を仲間と出していたことを知っていたせいで、ちょっとしたアルバイトを紹介しようという親切心から誘ってくれたのだろうと思う。昔の仲間に、すでに新進の詩人として学生時代から知られていた三木卓がいたことや、〈範《はん》〉とか〈櫂《かい》〉とかといった現代詩のグループのことを私がよく話題にしていたことなども、加藤さんの誤解をまねくもとになっていたのかもしれない。じつのところ、当時の私自身はぜんぜん詩とか歌とかには縁のない人間だったのだ。

私がそのことを告げて躊躇《ちゅうちょ》していると、彼は笑いながら電話のむこうで言った。

「なにもそんなにむずかしく考えなくたっていいんです。商品名をならべて、あとはそれにワンとかニャンとかつけ加えればそれでOKなんですから。大丈夫ですよ」

「わかりました。じゃあ、やりましょう」

と、いうわけで、さっそく私は加藤さんと会って話を聞いた。ワンとかニャンとかいうのは私を安心させるための冗談だったらしい。やはり仕事ともなれば、そう簡単にいくわけはないのである。説明をうけたあと、ヤマハの新製品の商品カタログを教材みたいな感じで渡された。とりあえず取材するしかない。私はさっそく業界紙で慣れたやり方でいくつかの会社を回り、資料を集めると、すぐに

勝手な文句をでっちあげ、その日のうちに電話で送稿した。加藤さんはちょっと驚いたようにその歌詞をメモすると、

「それじゃ、明日、事務所のほうに、ほかにもいくつかヴァースのサンプルを持ってきてくれませんか。えーと、簡易掃除器のパピーと、それから富久娘《ふくむすめ》のほうをおねがいします」

「え？　パピー？」

鳩が豆鉄砲をくらったような私にはおかまいなく、電話はあっさり切れた。彼が簡易なんとかと早口で言ったのはわかったが、あとが判然としない。電話をかけなおすのもプロとして照れくさかった。あれこれ考えた末に、パピーのほうは、たぶん語感からして文房具ではないかと推理した。富久娘のほうは日本酒だとすぐわかった。

翌日、運輸省の自動車局でタクシー免許に関する発表があるというのをすっぽかして、電話でおしえられたオフィスをさがして銀座へ出た。一応、前の晩に徹夜して作ったヴァースなるものの原稿を大事に紙袋に入れてある。パピーも、富

久娘も、二、三十回書き直して、これぞ決定稿と思われるものを清書してたずさえてきたのだ。

パピー　パピー
パピー　パピー
とってもべんりな　パピー
やっぱりすてきな　パピー
パピーで　ハッピー
ハッピー　パピー

中学生のころの、「常闇《とこやみ》にわれはうたへどわが歌は――」とくらべると、なんという軽薄さであろうか。どう考えてもこれは最悪である。かつてロシアの詩人エセーニンの作品の日本語訳を志した人間の書く文句ではない。
考えれば考えるほど暗澹《あんたん》たる気分になってくる。新宿二丁目とはくらべものにならぬ銀座八丁目の華やかさにも圧迫感をおぼえさせられた。〈オノレ・シュブラックの失踪〉の主人公のように、このまま忽然《こつぜん》と舗道に吸いこまれて消え失《う》せることができたらどんなにいいだろうと思ったりする。加藤さんの話では、そのオフィスは有名な三木トリローの冗談工房とも関係があるらしい。こんな業界紙記者そのものの服装で訪問するのは、場ちがいではあるまいか。

高野フルーツ・パーラーのショーウィンドウにうつった自分の姿を眺めると、急に恥ずかしさがこみあげてきた。やっぱりVANのスーツにボタン・ダウンのオックスフォード・シャツでも着てきたほうがよかったのかもしれない。靴も踵《かかと》がかなりすりへっている。それに、行きつけの〈石《いし》の家《や》〉の辣油《ラーユ》がはねたシミの目立つサファリ・ジャケットは、どう見ても野暮すぎるようだ。

迷いながらも、めざすビルの前まできてしまった。第二千成ビルというこの細長い建物の何階かにジングルの世界が待っているのだ。

〈べつにいいじゃないか。どうせ引揚者なんだから――〉

いつもお定まりの呪文をつぶやくと、急に元気が出てきた。難民として国境をこえ、海を渡ってこの国へたどりついた少年時代のことを思い出したとたん、どんなときにも居直りめいた勇気がわいてくるのである。

〈きょう一日食えればいい〉

と、いう感覚も、たぶんこの辺から発しているのだろう。恥ずかしさなんてものは、十三歳の夏に、海のむこうの半島にふり捨ててきた在日日本人の自分ではないか。相手が時代の先端をゆくCMの業界であろうと、ピカピカの銀座のビルであろうと、おそれることなどないのだ。ジングルがなんだ。ヴァースがなんだ。

例のスピグラをかついでくるべきだったな、と、エレベーターの中でふと思った。ときどき不良品のフラッシュのバルブが大音響とともに破片となって飛びちることがある。あいつを一発かましてやれば、きっと胸がすっとするにちがいない。

「失礼します」

おずおずとドアをあけると、窓際のところにソファーがあり、そこに大柄な美人が坐って楽譜をひろげているのが見えた。見おぼえのある顔だった。一瞬おいて、すぐにその人が歌手の岸洋子だとわかった。シャンソンやカンツォーネをうたう芸大出の実力派シンガーである。以前から銀巴里や、日航ミュージックサロンなどでよく聴いたことのある歌い手さんだが、実物にお目にかかるのははじめてだった。今から三十年以上も前の話なので、着ていた服などの正確な記憶はない。ただ、長身のわりにとてもスリムで、どことなくインテリっぽい感じがした。

ちょっと道草をくわせていただくと、三十数年前のシンガーたちは、誰もみな折れそうにほっそりしていたものである。まだ丸山明宏といっていた絶世の美少年など、両手の指で囲《かこ》めるくらいの柳腰だったし、大木康子も、沢庸子も、北川優子も、ホキ徳田も、中原美紗緒も、小海智子も、みんな信じられないくらいにほそかった。戸川昌子のお尻も頼りないほど華奢《きゃしゃ》だったし、マーサ三宅だってとてもほっそりしていた。堀内美紀や笠井紀美子あたりはいまもスリムだが、当時はもっとほそかった。ちなみに当時の私の体重は五十一キロで、いまよりも十二キロ軽い。大学生時代は常に栄養失調気味で、四十八キロのときもあったくらいだから、こっちだってずいぶん変ってしまったものである。

さて、それまで新宿二丁目の中外ニュースのストリップ嬢ばかり見ていた私にとって、その銀座のオフィスがじつに華やかでスマートに感じられたのは当然だろう。

奥のソファーにでんと坐っておられる小柄な女性は、そのころＣＭソング界の女王と呼ばれていた楠トシエ女史ではないか。高校生のような天地総子の顔も見える。コメディアンの左とん平とか、新進音楽評論家の安倍寧らしき人物もいたし、作曲家とおぼしき洒落た服を着た青年たちも数人いた。それぞれに全員が忙しそうに打合わせ中で、その部屋には運輸省の記者クラブや東京鉄道管理局の重苦しい雰囲気とはまったくちがう、なにか空気の粒子までキラキラ光っているような清新な活気が感じられたのである。

ドアのところに突っ立っている私をみつけて、加藤さんが素早くちかづいてきた。シャツの腕をまくり、ストップウォッチを片手にやってくると、すぐ横にいた都会的な若い男性の肩を叩いて、彼に私を紹介した。

「わざわざおこしいただいて、どうも。この場所はすぐにおわかりになりましたか？」

小柄で端正な顔だちのその男性は、思いがけず丁重な口調で、微笑しながら私に言った。渡された名刺からすると、若くはあるが、どうやら制作部門の中心人物であるらしい。大森昭男という名前だった。私と話しているあいだも横から渡される楽譜を見ながらすばやく指示をあたえたり、あちこちのスタジオや、編曲者や、資生堂や、代理店などと電話でテキパキ応対しながら、いかにも忙しそうな風情である。わりこんでくる仕事が一区切りつくと、

「それで、と。バンさん、こちらになにとなにをお願いしたのですか？」

「とりあえず、パピーと富久娘《ふくむすめ》を——」

「そう。では、ちょっと下の喫茶店ででも原稿を拝見しましょう。ここだと落ち着かないでしょうから」

その大森さんという青年は、私をともなってエレベーターで地下へ降りた。十人も坐れば満席になりそうな、せまいコーヒー・ショップである。運よく奥の壁際に席をみつけると、大森さんは私のさし出した原稿用紙を片手に、顎《あご》に指をそ

えてじっと考えこむ姿勢になった。

目の前で自分の書いたものを読まれるのは、昔も今もいやなものである。私は落ち着かない気持ちのままコーヒーをすすりながら、周囲の客たちを眺めた。どの客も共通の雰囲気を漂わせている。たぶん、このビルには広告や放送関係のいろんなオフィスがはいっているのだろう。

「パピーがどういう商品か、ご存知ですよね」

と、顔をあげて大森さんが言った。私はあいまいに口の中で何か答えた。

「CMソングの歌詞は、簡単なようですがなかなかむずかしいものなのです。最後には商品名を連呼して終るだけのような単純な形になったとしても、そこまでの過程は決していいかげんなものじゃありません。いろんな要素を削《そ》ぎおとして、削ぎおとして、その結果ひどくシンプルなものになる。そういうわけですね。したがって、ジングルの歌詞をお書きになるには、商品に対する事前の知識がまず必要となるわけです。これはもう一度やってみていただきましょうか」

大森さんの口調は決して素人にプロがものを教える言い方でも、業界人ふうの上滑りした調子でもなかった。年齢は私より若く見えるが、落ち着いた、紳士的な態度だった。たぶんこの人は、大企業の重役相手でも、ウエイトレス相手でも、まったく同じ話しかたをするんだろうな、と私は思った。

「もうひとつのほうは——、あ、これですね、失礼しました」

彼は日本酒のほうのCMソングの歌詞にすばやく目をとおすと、これ、いただきましょう、と、その原稿用紙を抜きとった。

「歌をおねがいするシンガーのキャラクターに丁度はまってると思いますよ。歌手のことはバンさんにお聞きになってたんでしょう?」

「いいえ、ぜんぜん」

私はあわてて首をふった。

「その歌、だれがうたうんですか?」

「ペギー葉山さんにお願いすることになっています」

大森さんはなんでもないように言った。だが私にとっては一瞬、絶句、といった感じだった。当時のペギー葉山といえば、青学出身のジャズ・シンガーとして独特のステイタスをもっていた歌手だったからだ。CMの世界ってものは凄《すご》いもんなんだな、と、そのとき思ったことを憶えている。

「では、パピーのほうは、商品のカタログと参考資料をお渡ししましょう。こんどお見えになるときは、A、B、C、と三案ぐらい作っておいていただけませんか。あ、それからついでにこれも一つ、やってみてください」

大森さんは〈日本盛《にほんさかり》〉という日本酒のパンフレットを私にさし出して言った。

「ギャラはその月に採用されたものをまとめて経理のほうでお払いします。もし必要なときには、仮払いで出してもいいですから。それからCMの場合、歌詞の著作権は買いとりになりますのでご了承ください」

大森さんと別れて銀座通りにでると、なんだかその街が急に親しみのある場所のように眺められた。意外にあっさり書いたものが採用された安堵感と、ようやく暮れかかった通りに華やかな灯火がともりはじめた時刻のせいだったにちがいない。どんな街でもたそがれどきには、どことなくやさしい気配を漂わせはじめるものなのである。

4

新宿の編集室にもどって、もらったパンフレットやカタログ類に目をとおしてみた。なんとパピーは文房具ではなく、掃除用の使い捨て紙雑巾ではないか。大森さんに詞が採用してもらえなかったのも当然だ。もうひとつの〈日本盛〉のほうは日本酒だから問題はない。編集室に誰もいないのをさいわいに、机にむかってパピーの改稿と、日本酒のCMの作詞にとりかかった。

こういう作業は陸運事務所のトラック行政に関する記事を書くより百倍もおもしろかった。二、三時間のうちに、それぞれA、B、C、三とおりのヴァースができあがった。パピーのほうは連呼型、日本酒のほうはちょっと色っぽく小唄ふうにまとめてみる。

パピー　パピー

なんでもふいちゃうパピー
さっとクリーン
ハッピー・パピー

などという幼稚なパピーちゃんの歌から、

酔えばおまえが綺麗に見える
ナンテ　憎いひと
でも　うれしいわ（セリフ）
酔いがさめぬよに　もう一杯
日本盛《にほんさかり》は　ホンニ　よいお酒

こっちのほうは不敬にも美空ひばり嬢をキャスティングしての作詞である。さすがに昭和ヒトケタ生まれとなると、赤坂小梅まで古くはない。

こういうCMソングの文句を嬉々として深夜まで、何十通りも書いては破り、破っては書き、やがてそれぞれA、B、C、と決定稿ができあがった。夜中に一杯機嫌の社長から電話がかかってきて、まだ仕事やってるのか、とけげんそうな声。

「じつは、来週ですね、運輸省自動車局長のハイタク行政に対する過剰指導の問題を叩いてみようと思いまして」

などと適当な言い訳をしながら、でもうれしいわ、のところはセリフがいいのかな、それともメロディーだろうかと原稿に直しを入れていたのだから申し訳ないかぎりであった。

こうしてできた詞をさっそく翌日、銀座のオフィスにとどけた。さすがに大森さんもその早さに感心してくれて、とりあえずパピーと日本盛と、両方ともOKがでた。A、B、C案それぞれに曲をつけ、プレゼンテイション専門の歌手で録音して、スポンサーに聴かせる段階までこぎつけたわけだ。まあ、そんなふうにして私のCMソング時代がはじまったわけである。

当時、そのオフィスで作曲家として華やかに活躍していたのは、なんといってもまず慶応ボーイの作曲家、桜井順さんだった。その桜井さんと対峙《たいじ》する感のあったのが越部信義さんで、このお二人を追うかたちで教養派の嵐野英彦さん、曲も人柄も誠実な高井達雄さん、気鋭の若月明人さんなどがいた。作曲陣には文字どおり、まばゆいばかりの才能が勢ぞろいしていた時期である。

桜井さんはのちに歌手・野坂昭如の〈ヴァージン・ブルース〉ほか一連のヒットナンバーを書いて一世を風靡するが、越部さんもまた斎藤憐と組んで〈上海バンスキング〉の大ヒットをとばすことになる。しかし当時は皆それぞれ痩《や》せた蒼白い青年音楽家で、めったやたらに作曲・編曲・録音の仕事に追いまくられていたようだ。高井達雄さんはいま、コンサートエージェンシーの〈ムジカ〉で活躍中である。

CMソングの歌詞は、まあ、寝ころびながらでも書ける。だが、作曲のほうは後の作業が大変である。いきおいライターのほうは仕事が早くて、協調性のある人間なら誰でもいい、といった感じになる。素人の私が業界紙記者の片手間仕事でも、なんとかやっていけたのは、そのせいだろう。パピーにはじまった私のジングル・ライター生活は、やがて作詞料のほうが社の給料をはるかに上回るようになり、仕事の量もふえてアルバイトでは無理なところまできた。

はっきり憶えていないのだが、一曲五千円から八千円ぐらいの作詞料だったはずだ。それでも月に二十曲から三十曲書けば、新聞社のほうの給料の十倍にはなった。まだ凮月堂のコーヒーが早朝割引三十円の時代だったから、これは大変なことだった。やがて私は正式に勤めをやめ、はじめて鉛筆と消しゴムで食ってゆくフリーランサーの世界に足をふみこんでいくことになる。あれはたぶん、安部公房の『砂の女』と、高橋和巳の『悲の器』、それに三島由紀夫の『美しい星』が、それぞれのファンの間で話題になっていた頃だろう。私も『悲の器』を読みながら、これかな、という気持ちと同時に、いや、絶対にこれじゃない、という相反した感想を嚙《か》みしめたりした時期だったのではあるまいか。こういう小説を書く男は長生きしないんじゃないかな、と、そのとき思ったものだった。後年、博多のアドニスというゲイバーで二人で飲んだときに高橋和巳にそのことを言うと、彼は一瞬、苦笑して、いや、そのほうがいいんだ、とつぶやくように答えたことをはっきりと憶えている。

5

そのCMソングの制作会社の正式の名称は、三芸社といった。加藤さんからは三木トリロー氏の主宰するプロダクションだと聞いていたのだが、どうやら直接にはあまり関係がない感じだった。市ケ谷のほうにパコというオフィスがあり、三木さんはそちらのほうの主《ぬし》だったらしい。三木トリローといえば冗談工房、と世間で言い囃《はや》していた高名なコント作家グループの先輩ライター諸氏も、銀座の三芸社のオフィスにはあまり顔を見せないようだった。

要するに三芸社のほうは、もっぱらCM音楽専門に稼ぎまくっていた近代的ビジネス集団、といったところだったのだろう。おりしもおそろしいほどのエネルギーで上昇期にさしかかっていた放送広告業界の気運をバックに、CM音楽の制作を独占的に牛耳っていたのがこの会社だったようである。

そんな中にいきなり迷いこんでしまったのだから、私にとっては何もかもが未知の刺激的な体験だったといっていい。広告主側のスタッフをまじえての企画会議、マーケティング資料の分析や商品研究、作曲家との打合わせや録音立ち会い、などなど作詞以外の仕事もけっこう大変だった。やがてCMの企画書づくりを手伝わされるようになると、これまでの作詞ごっこの感覚では間にあわなくなってくる。泥縄式にオグルビーを読んだり、ヒトラーの『わが闘争』を分析したり、加藤秀俊などを引用して、それらしきCM音楽の理論めかした恰好つけに苦労したものだ。そのうちに会社のパンフレット作りまでさせられるようになってきた。要するに以前つとめていた業界紙で、論説からレイアウトまで一人でなんでもこなしていた経歴が重宝がられたわけだろう。

当時の三芸社そのものは、冗談工房から派生した三つの工房を統括する形になっていたらしい。音楽工房、テレビ工房、それに本家の冗談工房の三つである。しかし、実際には音楽工房というかCM工房というか、大森さんを中心とするアーチスト・グループと、経営管理部門の二本だてで、テレビ工房などというのは、ほとんどあってなきがごとき名前だけの存在だったようだ。

CMソングの作詞のほうの仕事は、どうやら順調に発展していた。商品研究のためとかいわれて、花王石鹼の和歌山工場まで見学にいったり、東京トヨペットの営業所をのぞいて回ったり、CMソングの歌詞づくりもなかなか楽ではない。しかし、自分で書いた言葉が音になり、メロディーとリズムにのせられて演奏されるのは、それだけでも快感があった。ましていろんな歌手や俳優がその歌詞をうたってくれるのだから、愉快でないわけがない。

例の処女作のパピーは、まだ売り出し前の無名の歌手がうたったのだが、その彼女がのちに〈可愛いベイビー〉で大ヒットした中尾ミエ嬢だったことも今となっては思い出のひとつである。当時はまだ高校生のセーラー服姿で、なんでも小倉の魚町の本屋さんの娘だとかいう話だった。溜池の日本短波のスタジオでディレクターが神経質にリテイクをくり返すのに、すねたり泣いたりせず、ひとことでいうと毅然とした顔つきでがんばりつづけていたものだ。根性のある子だな、と感心したことをおぼえている。

そのうち大阪の朝日放送で出していたABC賞とかいうCM音楽の賞をちょくちょくもらうようになり、CM以外の作詞の依頼も舞いこんでくるようになってきた。日本石油の野球部の応援歌なども、そのひとつである。

当時は今とちがって都市対抗野球というのが、かなり人気があったものだ。その年、日石のチームがどこかの代表になって、その新しい応援歌を、という注文がきたのである。日石にはもともと立派な応援歌があり、その歌詞はサトウ・ハチローという超有名な詩人が書いていた。作家の佐藤愛子さんのお兄さんである。それを今さら新しい応援歌でもあるまいと思うのだが、あまりに格調高い古風な歌詞では、若い女子社員たちがうたいづらかろうということだったらしい。そこでデフュージョン版を私が書くことになったわけだ。もちろん著作権売渡しの仕事だから、CMソングと同じように名前は出ない。それだけに作詞料はかなりよかったような気がする。

新しいセカンド・ラインの応援歌が役立ったわけでもあるまいが、たしかその年の都市対抗大会で日石は優勝したようにおぼえている。たぶん日石には、後の巨人の藤田監督がいたはずだ。

その歌詞はもう忘れてしまった。無責任のようだが著作権売渡しというのは、そういうものである。なにがしかの金と引きかえに、歌は遠くへいってしまう。いくら気持ちをこめて書こうが、それは一箇の商品にすぎない。自分の作品の一部ですらないのである。淋《さび》しいが仕方がない。CMの世界で生きようとすれば、そこのところを割り切らなければやってはいけないのだ。

日石関係では、けっこういくつも仕事をした。〈日石灯油の歌〉などは、いまでも最後の部分のメロディーをおぼえている。〈花王石鹼の歌〉とか、〈東京トヨペットの歌〉とか、〈日本盛の歌〉とか、〈レナウンの歌〉とか、大手のCMソングもかなり書いた。日本盛は、三十年以上たった今でも、最後の一節だけがまだ使われていて、ときどきテレビの画面から流れてくると、思わず声をかけられたような気分になる。おたがい何とかやってきたもんだよなあ、といった感じなのだ。

6

さて、そんなふうにして時間が流れていくうちに、ＣＭ以外の、キャンペーン・ソングだの、テーマ・ソングだのを書く仕事も少しずつ回ってきはじめた。いま思い出してもおかしいのは、〈国産品愛用の歌〉というやつである。

これは通産省とかジェトロあたりのキャンペーンだったと思うが、日本国民に輸入品ではなく国産品を買え、と呼びかけるキャンペーンのテーマ・ソングだった。当時は日米経済の関係が今とは逆で、日本は貿易赤字に悩んでいる側だったのだ。それをなんとかしようという国民運動の一環が、このＰＲソングだった。もう歌詞はおぼえていないが、現在の対米貿易黒字は、三十数年前のこの歌によってもたらされたものだと、私は固く信じている。対外収支のアンバランスに悩むアメリカ政府は、すべからく私に〈バイ・アメリカン〉のキャンペーン・ソングを頼むべきではあるまいか。しかし外国の作家にギャラを払ったりすれば、ますますアメリカの対外赤字がふえることになりかねないからこれも困ったものだ。

前の節で、CMの作り手には割り切りが大事だと書いた。それは現在でも同じことだろう。CMにはメッセージは托せても、個人の心情は托せない。メッセージにしても、それは企業のメッセージで、そこに書き手が介入してはならないのがルールである。しかし、私には自分が次第に割り切ることが苦痛になりはじめる予感のようなものがあった。こちらも人間だから好きな企業もあれば嫌いな会社もある。商品にしても同じことだ。

しかも私は、思想よりも心情を大事にしようと、かなり若い時期から心に決めているところのある人間だった。大げさなことは言わずとも、九州人にはそういう川筋気質《かわすじかたぎ》的な性向が資質としてどこかにあるのである。

しかし、CMの仕事はそこがむずかしい。きょうは日石、あしたはシェル、朝はトヨタで夕方にはニッサン、という場合がしばしばある。著作権売渡しの無名性というのは、その辺が便利でもあり、虚《むな》しいところでもあるのだ。

そういえば有名な広告マンで自殺した人物がいた。自分が信じてもいない夢を大衆に信じさせる仕事に疲れたのだ、と解説する批評家もいたが、本当のところはわからない。人間の死なんてものは、いろんな動機がからまりあっているものなのである。死んだ本人ですらそのあたりのことは、百パーセントつかめていたわけでもあるまい。

もちろん、私にはそんな繊細な神経の持ちあわせはなかった。ただ、なんとなく例の一所不住の不満風がそよぎはじめる気配が感じられてきたのである。

作詞の仕事のあいまに、以前、友達がどこかの飲み屋で紛失してしまった『E熱』という短篇を、もう一度記憶をたどって書きなおしてみようと試みたが、やはりうまくいかなかった。どうやら、まだ小説を書くには機が熟していないようだった。

最初にこのオフィスに私を誘いこんだ通称バンさん、こと加藤磐郎さんは、いつも忙しそうにしていたが、私の仕事に関してはほとんど大森さんにまかせっぱなしといった状態が続き、いつのまにか私はほとんどの仕事を大森さんと組んでこなしてゆくこととなっていった。

当時の私の筆名は、〈のぶ・ひろし〉という。旧姓の松延寛之《まつのぶひろゆき》をもじったもので、スタッフからはのぶさんと呼ばれていた。

ある日、三芸社の社長から、ちょっと相談があるのだが、と役員室に呼ばれた。役員室といっても、オフィスの奥の部屋をガラスで仕切っただけのコーナーである。関西出身らしいこの社長は、三木トリロー氏からスカウトされて三芸社をまかせられたというだけあって相当強引なところのある人物だった。クリエイティヴな感覚とは縁遠い人だったが、CMをビジネスと割り切って、トリロー工房を近代企業として自立させた功績はこの人にあるといっていい。当然、その反面ではアーチスト側からの批判も多かったようである。

ただ、泥沼のような業界紙の水をくぐってきた私からみると、この社長のアクの強さもとりたてて驚くほどのことでもなく、むしろ、おぬしまだ若いな、という感じがないわけでもなかった。かつて業界紙時代に足をつっこんでいた運輸観光業界には、とほうもない怪物がごろごろしていたものである。私が毎週インタヴューをしてコラムを書いた国際興業の小佐野賢治などは別格としても、ときたま取材で接することのあった松竹の城戸四郎、国士の田中清玄、運輸族議員の楢《なら》橋渡《はしわたる》、日交の川鍋秋蔵、などなど、戦国大名のような人物を数多く見てきた私の目には、辣腕《らつわん》と称される三芸社社長の策士ぶりも、さほど気になるわけでもなく、御意見拝聴といった感じで役員室の椅子に腰をおろしたわけである。

社長の話は、わかりやすいものだった。目下、稼ぎまくっているCM音楽部門とは別に、テレビ・ラジオ番組その他の作家陣を再編成して、冗談工房とはべつなグループを強化したい、ついてはあんたが中心になってテレビ工房をもっと活性化してほしい、まあ、そんな趣旨の話だったと思う。

そのことに別に異論はなかった。ちょうどCMソングの歌詞ばかり書いていることに、いささか飽きかけていたところだったし、もともとは文章を書くことのほうが本業である。

早速、オフィスでよく顔を合わせていたライターのなかから、小川健一、野母裕のお二人と語らって〈TVペンクラブ〉というグループをでっちあげた。小川、野母、両氏とも放送界では私より先輩である。小川さんは冗談工房直参のコントのベテランだったし、野母さんは構成作家として新進気鋭の若武者だった。

そんなふうにして、ときにはトリオで、ときには単独で、私たちは放送や雑誌の仕事に首をつっこんでいった。活字の場合は、まだ冗談工房のほうがとおりがよく、その肩書きを使わせてもらうこともあった。

農村向けの雑誌として、当時、圧倒的な部数を誇っていた「家の光」にルポを書きはじめたのも、その頃のことだろう。家の光協会には、本誌の「家の光」のほかに、「地上」という綜合雑誌ふうの、やや硬派の媒体もあり、やがて私はそちらのほうの仕事もするようになった。

農村労働組合の取材のために山形県の余目《あまるめ》の若勢《わかぜ》部屋にもぐりこんだり、最上川の流域を歩き回ったりと、けっこうおもしろい仕事だったと思う。天竜川の大氾濫で集団離村が問題になったときには、まっ先に現地へ駆けつけたりもした。果物の自由化問題の取材で官庁街に日参したこともあった。

ある日、編集者のひとりが、ふくらんだ紙の袋を机の上に投げるようにおいて、

「のぶさん、このカット屋さんと組んで連載の仕事をしてみる気ある？」

と、声をかけてきた。カット屋さんというのは、いまでいうイラストレイターのことである。いろんなカット絵や風景画を紙袋一杯あずけておき、編集者は、誌面があいたり、なにかちょっとしたあしらいが必要なときには、その中から適当に絵を選んで使用する。月末にカット屋さんが訪ねてきて、袋の中の使われた作品の数だけの代金をもらって帰る、といった呑気《のんき》なシステムである。いわば越中富山の薬売りみたいなものだ。

「この人、北海道から新聞社の図案書きをやめて上京したらしいんだけど、苦労してるんだよね。人柄は最高だから、ひとつ、一緒に組んで連載をやってみない？」

「やります」

と、即座に答えた。そのカット屋さんが、私と半分おなじペンネームだったのが印象に残っていたのである。おおば比呂司、というのがその人の名前だった。

7

そのころは農村ルポなどのほかに、音楽から映画まで、なんでもありのコラムも書いていた。『キューポラのある街』で鮮烈な印象をあたえた少女、吉永小百合が、橋幸夫と組んで〈いつでも夢を〉をヒットさせ、レコード大賞を受賞したときにも何か書いた記憶がある。

そうこうするうちに、歌のほうにも少しずつ変化がみえてきた。それまでのようにジングルのヴァース一辺倒でなく、ふつうの歌の歌詞を書く機会がふえてきたのだ。テレビや、ラジオ番組の構成の仕事もたのまれるようになってくる。駆け出しのCM作詞家であった私の身辺にも、ようやくマスコミの風が吹きはじめたようだった。

TBSラジオの歌番組の構成をやることになったのも、その頃のことではあるまいか。〈みんなで歌おう〉というその番組には、毎月オリジナル曲が〈今月のうた〉として挿入されており、そのいくつかを私に書かせてくれたのはTBSの絹村和夫氏だった。もっとも担当ディレクターである絹村さんは、あまりスタジオには顔を見せず、

「のぶさん、あとはよろしく」

とか言って、あわただしく会議の席へ姿を消してゆくことが多かった。東大出の秀才だとかいう若い絹村さんは、当時、TBSの労働組合の委員長だか副委員長だかをつとめていて、常に忙しそうだったが、それがいかにも颯爽と恰好よく感じられたものだった。その〈今月のうた〉のなかのひとつが、〈星をさがそう〉という歌謡曲である。うたったのは北原謙二という当時はえらく人気のある歌い手だった。のちにコロムビアから出たそのレコードのもう片面の歌の作詞家が、現在、冠二郎の育ての親である三浦康照氏だったこともふしぎな縁と言うべきだろう。

やがてラジオ関東でも歌に縁のある仕事をするようになる。ラジオ関東、といっても、いまの若い人たちの耳にはピンとこないかもしれない。横浜の野毛山に開局したこのラジオ局は、六〇年代を語るときに欠かすことのできない存在だっ

た。

ＣＭの仕事をはじめる数年前、私は創芸プロという番組制作会社に籍をおき、そこであちこちのラジオ局のニュース番組をつくっていたことがあった。ラジオ関東のプロデューサーであった藤田和夫さんも、その頃の仕事仲間で、二人で手づくりの録音構成番組を熱心に試作したりしたものだ。その藤田さんからＳＫＤを使って変った番組を企画してみませんか、と、話がもちこまれたのは、六三年のはじめの頃のことではなかったか。

農村労働組合の取材もいいが、松竹少女歌劇団というのは悪くない。たちまちその気になって、浅草の国際劇場へ週一回ずつかようようになる。この頃の話は、また別の機会に書くとして、その番組にオリジナルの歌を入れようじゃないか、という提案を藤田さんがしてきた。無論、私に文句のあろうはずがない。制作費の安いのを承知で、大森昭男さんに話を持っていった。当時のことを回想して、大森さんは後にこんな文章を書いてくれている。自分のことなので、少し照れくさいが、その間の事情がくわしく語られているので引用させていただくことにしよう。

《(前略)一九六三年頃、のぶ氏の企画により、ラジオ関東の早朝「メロディー・ニッポン」というタイトルであったと記憶している音楽番組が生れた。私は氏の依頼を受け、よろこんでお手伝いをさせてもらった。

〈教えておくれ〉という歌詞には高井達雄氏がメロディーをつけた。これがその番組の最初の歌であった。歌ったのは安田章子(由紀さおり)であった。由紀さおりも、当時は高校生。童謡歌手から大人の歌手への転換期にあり、難しい時期であった。心に宿る不安がそのまま歌の抒情となり、ことばにメロディーがついて、醸し出されるドラマのようなものを感じた。それから半年余り、毎月一曲ずつ作っていった。新しい曲の打合せのため、或る時は雨が降りしきる外を眺めながら、有楽町の喫茶店の二階でとか、ある夜は、新橋の喫茶店の地下で明け方まで語り合ったことなどが思い出されてくる。その頃には、のぶ氏も当時のレコード界の一角で仕事を始めていた。その世界には怪物的な人物が存在したりして、人間模様の中できっと様々な想いを体験されたことだろう。或る時、私がレコード会社に来ないかと誘われているのですが、と、ちょっと相談すると、「あなたは今のレコード界には入らない方が良いよ」と答えられたことを憶えている。

(後略)》

まあ、そんなふうな時代だったのである。思い出すと、大森さんならずとも、私もちょっとした感慨にふけらずにはいられない。

私が高校生の安田章子のために詞を書いて、嵐野英彦さんが作曲した歌は少ない。思い出してみると、なんとも照れくさい題ばかりだが、これが若さというものなのだろう。その中では、〈てのひらは黙っている〉という歌がなんとなく気に入っていた。

大森さんのレコード界入りを賛成しなかった私が、やがて彼と別れてCMの世界から遠ざかり、レコード会社の専属になるのだから世の中は妙なものだ。

CMソングの歌詞づくりからはじまった私の歌とのかかわりは、その辺からレコードの世界を舞台に、第二場の開幕へと移ってゆくことになるのである。

マスコミ漂流

1

一九六二年（昭和三七年）から六三年にかけて、私は不思議な日々を送っていた。時代もまた奇妙な色彩をおびていたような気がする。

私の二十代は、ようやく過ぎようとしていた。もはや青春と呼べる時期ではない。しかし、本当の意味での大人の生活は、まだ始まっていなかった。

時代もまた私とおなじように、宙ぶらりんな状態にあった。いわゆる〈戦後〉は、どうやら終ったかに見える。しかし、その後にくる時代が何なのかが、はっきりしない。

東京都の人口が一千万人をこえたのが、その頃である。おなじようにNHKのテレビ受信契約者の数も、ようやく一千万に達している。この数字は、テレビの普及率が国民世帯の五〇パーセントに近づいたことを示していた。映画はまだ建在だったが、おそるべきテレビの時代は、もうそこまできているようだった。

ラジオからも、テレビからも〈可愛いベイビー〉の歌が流れていた。ほんの少し前に、私が書いたCMソングをうたった九州出身の少女は、一挙にスターの座にかけのぼろうとしていた。ジェリー藤尾の〈遠くへ行きたい〉もヒットしていた。永六輔・中村八大の強力コンビが、時代という五線譜を真横に駆け抜けようとダッシュしはじめていたのである。そのころ『キューポラのある街』を世に送った新進監督の浦山桐郎が、のちに私の原作を演出することになるだろうなどとは、当時は予想もしなかったことだった。

映画といえば、『切腹』も六二年の印象ぶかい作品のひとつである。この秀作を撮った小林正樹監督にも、後年『燃える秋』という長篇を映像化していただくことになる。

六二年から六三年にかけて、私はさまざまな分野の仕事をした。放送、雑誌、ステージ、レコード、CM。要するになんでも屋である。ライターとしての私が、いまとちがって原稿が早いことで定評があったというのは、嘘のようだが本当の話だ。

一時期「運輸広報」という雑誌の編集主幹の肩書きを使っていたことがあったせいで、運輸交通関係の業界紙・誌には無署名の原稿をよく書いた。「新美容」「みわく」などという美容関係の雑誌でも、ライターの仕事をした。「家の光」や「地上」などのコラムやルポルタージュの仕事も続けていた。

野母裕、小川健一の二人と組んででっちあげた〈TVペンクラブ〉のほうも、結構おもしろい仕事が舞いこんできていた。NHKテレビで作った〈歌謡寄席〉などというシリーズも、そんななかの一つである。この番組では、かなりやりたいことをやった。浅香光代さんに出てもらったときは、浅草のお宅まで打合わせにうかがったのだが、まるで芝居のひと齣《こま》を見ているような応対で、いまでもはっきりとその日のことを憶えている。河内音頭の鉄砲光三郎氏にはじめて番組に出演してもらったときには、歌のイントロが長すぎて構成に苦労したものだった。林家三平師匠に出てもらったのはいいが、台本どおりにやってくれないので番組が大混乱におちいったこともあった。いまのようにVTRの編集などという便利なものがない時代だったから、すべて一発勝負の生本番なのである。

NHKでは、ほかに〈うたのえほん〉だの、〈いいものつくろ〉だのといった、お子様向けの教育番組の構成をやった。どれもそれぞれにおもしろい番組だったと思う。

一方、CMソングの世界もあいかわらず活気にみちていた。年間広告費が二百五十億ちかくに達し、その伸び率が世界一になったと騒がれた時代である。私が所属していた三芸社テレビ工房では、〈スカッとさわやかコカ・コーラ〉のCMソングを世に送り出して、さらに業界ナンバー1の地位を固めつつあった。奇妙に活気があり、それでいてどこかに空虚さを感じさせる時代だった。

そんなある日、三芸社の社長が私を役員室に呼んで、秘密めかした口調で言った。

「のぶさん、あなたにひとつ研究してもらいたいことがあるんですがね」

「なんでしょう」

私が首をかしげると、
ＣＭソングの次の商品はなんだと思いますか？　と、彼は声をひそめて私にたずねた。

「さあ」

「ＣＭソングはもう古いのです。やがてＣＭサウンドの時代がくるでしょう。金は出します。ひとつ内緒で開発研究チームを作ってみてくれませんか」

彼の考えていることは、およそ見当がついた。要するに人間の聴覚を通じて無意識の条件反射を習慣づけるような〈ＣＭサウンド〉を作ろう、というのである。たとえば、ある特別な音をくり返し放送し、その音を耳にするとなぜかビールが飲みたくなる、といったたぐいのサウンドだ。

そんな音を作ることが実際に可能かどうか、私には全く見当がつかなかった。

だが、どうやら社長は本気らしい。CMソングが売れに売れて、金がおもしろいように流れ込んできているうちに、明日の商品の準備をしておこうという心づもりなのだろうか。

それにしても、彼がどうしてあんなに秘密めかした物の言いかたをするのか、私には不思議な気がした。この話には裏になにかありそうだな、と、直感的に思ったのである。

しかし、CMソングにかわるCMサウンドという発想はおもしろい。私は社長の指示をうけて、すぐにチームの編成にとりかかった。しかし奇妙なことに、私が乗り出すまでもなく、すでに研究グループのメンバーはきまっていたのである。私はただ、その中に加わるだけでよかったのだ。

その研究班には五人のメンバーがいた。国立大学の心理学研究室の助教授、そしてジャーナリズムで少し名の知れた病院の院長、さらに音楽大学の講師がひとりと、あと名古屋の商社マンだという人物が参加していた。それは色の浅黒い、引き締った体格の男で、ほとんど何もしゃべらない。私はTというその人物が、この研究開発事業の実際のスポンサー側の人間だろうと推理した。

私たちは週に一度くらいの割り合いで集まり、それぞれの立場から意見をのべあった。場所は赤坂の目立たない料亭が使われた。

「人がもっとも快感をおぼえる音をみつけるためには、逆の方向からアプローチすべきだと思うのです」

最初の会合のときに国立大学の助教授が言った。私はなんとなく納得がいかない気がしたが、だまっていた。

「つまり、人間にとってもっとも不快な音をさがそうというわけですね。それはおもしろい」

調子よく音楽大学の講師が同意し、皆がそれに賛成した。同席していた社長も、わが意をえたりというように大きくうなずいた。

「人間にとってもっとも不快な音というよりも、生物にとって苦痛を感じさせるサウンドは何か、というテーマにしぼったらどうでしょうか」

病院長が提案した。すぐに全員が賛成した。なんだかあらかじめ決められた台本どおりに話が進んでいるような気配だった。この研究には、なにか仕掛けがあるにちがいない、と、ふたたび感じた。その集まりでは、ひととおり話が終ると、いつもすぐに酒になった。芸者がはべり、病院長は彼女らの姿を見ると、まるでパブロフの犬のように、着物の裾に手をつっこんで黄色い悲鳴をあげさせるのが常だった。その後、したたか酔った男たちは、ハイヤーに分乗して銀座へくり出すのである。

いまにして思えば、あの研究班に私が加わるべき理由は、全然なかったような気がする。たぶん、三芸社の側から誰かを出向させる必要があっただけのことだろう。それも、あまり公然とではなく、社員以外の人間であるほうが望ましい。そこで私が選ばれたのではあるまいか。

そんな集まりが半年あまり続き、やがて私たちはいろんなところへ出張するようになった。浜松のピアノ会社の工場とか、日産自動車の実験室とか、大学病院とか、奇妙な場所が多かった。商社マンだという無口なTは、どこでもえらく顔がきき、いつのまにか研究班のリーダーのような立場におさまっていた。どんなグループでも、結局は金を出した人間の発言権が大きくなってくるものなのである。

そのチームの最初の試作品が完成したのは、たぶん一九六二年の暮のことだったのではあるまいか。オープンリールの録音テープにおさめられたサウンドの試聴会は、浜町にあるスタジオの一室で行われた。

私の耳にはそれはごくありふれたオーケストラにしかきこえなかった。だが、音大の講師の説明によると、そのサウンドの中には特別な音が織りこんである、と、いうのである。

「この音楽を幼児に聴かせたとします。すると、十秒もたたないうちに幼児はむずかりはじめ、やがて身をよじって泣きだすでしょう」

彼は自信たっぷりに断言した。

「赤ん坊を泣かせるためだけなら、お尻をつねったほうが早いんじゃないですか」

と、私は言った。もちろんジョークのつもりだったが、誰も笑わなかった。ことにTは、鋭い目で責めるように私をみつめて言った。

「これは真面目な研究なんだよ」

それから彼は新しい提案をした。この試作品をさらに改良して、鳩がもっとも嫌うサウンドを作りだすように、というのである。それは提案というより、指示にちかい口調だった。

「そのための資金は十分に用意してありますから」

と、彼はつけ加えた。音大の講師をはじめ、全員がそれに賛意を表した。

「鳩って、あのハトですか」

私は思いきってTにたずねた。

「ハトが嫌うサウンドなんか作ったって、意味ないんじゃないですか」

「あるんだよ」

と、Tはめずらしく滑《なめ》らかな口調で言った。

「小牧の航空自衛隊でそれを必要としているんだ。追っても追っても格納庫にはいりこんでくる鳩のせいで、ジェット戦闘機の機体に厄介な被害が出ている。鳩の糞には合金を侵食する成分がふくまれているんでね。これまで、あらゆる方法で鳩を駆逐しようと試みたんだが無駄だった。こんどのこのサウンドが、もしそれに成功すれば、大きな事業の第一歩になるだろう。最初に鳩、そして最終目標は人間だ」

「人間？」

「そう。その音を聞くと、どんな勇敢な人間でも恐怖にかられ、不安をおぼえてそこから逃げ出したくなるような、そんな音さ」

それをどこで使うのか、と、きこうとして私は黙りこんだ。背後になにか得体《えたい》の知れない大きな力を感じたからだった。

この仕事からは抜けよう、と、私は心に決めた。資料研究費の名目で社長が出してくれる毎月の手当ては、かなりの額だったが、それでもいやだった。

私がチームから抜ける、と伝えたとき、Tは、じっと私の目をみつめて静かな口調で言った。

「いいでしょう。だが、これまでの研究のことは、一切だれにもしゃべらないように。それがあんたのためだということはわかりますね」

「わかります」

と、私は答えた。そしてすぐ、社長にテレビ工房をやめることにしたい、と、伝えた。それは私がこのところずっと考え続けていたことだった。CMソングを作る仕事に飽きはじめていたのかもしれない。一つの世界で同じ仕事をくり返すような生きかたは、どうにも苦手なたちの人間なのだ。

「ここの所属をやめて、どこかへ移るのですか」

と、三芸社の社長は疑いぶかそうな目付きできいた。私は正直に答えた。

「いいえ。なにも決めていません。でも、ひょっとするとレコード会社にいくことになるかもしれません」

「なるほど」

彼は納得したようにうなずいて、でもレコードの世界は古いですよ、と、かすかに軽蔑した口調で言った。

「あなたがレコード会社の人と、このところしばしば接触していることは、うすうす知っていました」

当時、私はコロムビア・レコードと、ほんのときたま仕事でかかわりあうことがあった。北原謙二のレコードのときもコロムビアだったし、NHKの子供の歌の番組でも、多少の関係があったからである。

しかし、私がそのころ会っていたのは、あたらしく創立されたばかりの日本クラウンというレコード会社の、松本延靖という人物だった。

クラウン・レコードは、私の父の同門にあたる有田一寿氏が創立された会社だった。スタッフの主だったところは皆コロムビアを飛び出したベテランである。専務の伊藤正憲氏、宣伝部長の目黒賢太郎氏、それにディレクターの馬淵さん、斉藤さん、長田さん、など、いずれもコロムビアでも一騎当千とうたわれたサムライばかりだった。学芸・教育部門のチーフ・ディレクターだった松本さんも、またコロムビアからの脱出組の一人である。ノンプロ野球のピッチャーをやっていたこともあるという噂の松本さんは、長身で体育会系の風貌に似ず、ひどく繊細で芸術家肌のところもある興味ぶかい人物だった。

ふつうの流行歌やポップスのディレクターとちがって、彼の仕事を介しての交友関係もすこぶる多岐にわたっていたらしい。芸大で教えていた宅孝二さんや前衛舞踏の土方巽などとも親しくしていたようだし、冨田勳、三善晃、安川加寿子などの著名な音楽家たちとも仕事をしているという話だった。彼としゃべっていると面白くて、時間のたつのも忘れてしまう。CMソングや広告の世界にはまず見当らない不思議な存在感のあるディレクターなのである。

その松本さんが、私を自分のレコード会社へこないかと誘ってくれたのは、新しい会社とはいえ、やはり古い体質のよどんだレコードの世界に、近代的なコマーシャルやテレビ・ラジオ業界の風を吹き入れようという考えもあったのではないかと思う。

いずれにせよ、くわしいいきさつは忘れたが、テレビ工房でCMの仕事にたずさわっている時期に、私は松本さんと知り合ったのだ。私は私で、どこか不気味な深い淵を連想させるレコード業界に興味をおぼえていた。芸能という奇妙に濃密で屈折した世界の側面が、そこにかいま見えるような気がしたからである。松本さんと反対に、私にとってはレコード界の古い体質そのものが魅力だったのだ。テレビ工房を抜ける、と、私が社長に申し出たのは、そんな伏線があってのことだった。

一九六三年にはいってどれくらいたってからのことだろう。私は正式に専属作詞家として日本クラウンの学芸部門に所属することになったのである。

2

レコード会社での生活については、別な機会にくわしく書くことがありそうな気がする。結局、作詞家としては私は落第だった。それに一般流行歌部門とちがって、学芸・教育というセクションは、レコード会社ではいわば陽の当らない存在だった。

しかし、今でも戸棚の奥をひっかき回してみると、ときたま自分でも思わず笑いだすような不思議なレコードが出てくることがある。ＣＤの時代には前世紀の遺物のように感じられるSPや、LPレコードなどである。

童謡のレコードがある。宅孝二さんと組んで作った保育童謡だ。

〈こぎつねさん〉

とか、

〈黄色い仔牛〉

などという子供の歌もある。〈河村順子とクラウン少女合唱団〉には、ずいぶんお世話になった。河村順子さんは、むかしの有名な童謡歌手で、〈かもめの水兵さん〉の作曲家、河村光陽氏のお嬢さんである。しかし、どんなに高名な歌い手さんと組んでも、童謡の作詞は私は苦手だった。

〽ゆきのおやまのこぎつねさんは
　おくつもはかずに　さむかろう

などという歌詞を書いていて売れるはずがない。それでも外国のクリスマス・

ソングに歌詞をつけた〈サンタのおじさん〉は、私が小説家の生活にはいってからも、かなり長いあいだ毎年その季節になると増刷の通知が音楽出版社からとどいたものだった。外国の古い曲に歌詞をつけたものは、そのころ新進オペラ歌手であった成田絵智子さんや、宍倉正信さんなどにもうたってもらった。

〈鉄腕アトム〉のレコード構成版を作った記憶もある。またフィリピンの音楽家、ペペ・メルトを起用してLPを制作する仕事もやった。私が訳詞した〈黒い瞳〉ほかのロシア民謡を、ジャズにアレンジしたレコードである。〈Russian gos modern〉というのが、そのタイトルだったように憶えている。

不思議なレコードがある。当時、私の作詞したレコードのなかでは抜群に売れたドーナツ盤だ。

〈そんな朝でした〉

と、いうのが、そのタイトルである。小説家としてデビューしたあと、私はよく作品の題のつけかたがうまい、と、妙なほめられかたをしたものである。中身は評価されずに、タイトルだけ評判がいいというのも困ったものだ。しかし、かってレコード会社に在籍していた時代につくったタイトルは、本当にどれも実によくなかった。

それには理由がある。レコードの作詞家、ことに新人となると、作品のオリジナリティなど頭から問題にされない場合が多い。会社のスタッフが、自由に切りきざんで、勝手に変えてしまうのである。詞もそうだし、タイトルもそうだった。しかしキャリアのある大御所ともなれば話は別だ。なによりも実績がものをいう世界なのである。

〈そんな朝でした〉

と、いう題も、たぶんいろいろな事情があってそう決まったのだろう。しかし、このレコードは売れた。だが、それには理由があった。

私の書いたほうの歌は、B面である。原曲はロシアのジプシーのもので、編曲は岩河三郎さんだったはずだ。うたったのは高石かつ枝という人だった。当時はかなり人気のあった清純派の歌手である。後年、吹原産業事件のまきぞえをくって週刊誌に騒がれたりもしたが、歌はなかなかうまかったように思う。

もちろん、このレコードがヒットしたのは私の作詞したB面のせいではない。A面にはいっている歌が強力だったからだ。昔のドーナツ盤のレコードは裏表に二曲が対《つい》ではいっているのが常だった。売れそうな歌のほうが、当然、A面になる。やっとB面の作品を書かせてもらうチャンスをあたえられた新人や売れない作詞家は、せめてA面がヒットしてくれたなら、と、願う。A面が売れれば裏のB面の作詞家にも、自動的にレコード印税がはいってくるからだ。こういうさびしい作詞家たちは、みずから〈裏待《うらま》ち詩人〉と称した。

私はそれほど自嘲的ではなかったが、それでもA面に強力な作品がはいれば心づよい。ところが、なんと、そのレコードのA面の作詞者は、当時の美智子妃殿下だったのである。題名は、

〈ねむの木の子守歌〉

このレコード、大ヒットとまではいかなかったが、品良く売れた。おかげで私も多少はうるおった。その歌の作曲家が山本直純氏夫人の山本正美さんだったことも忘れがたい思い出である。

夫人といえば、大橋巨泉氏夫人のデビュー曲も私が詞を書いている。彼女は当時、ミス・ティーンに当選し、すぐにレコード界にはいってきたピカピカの美少女だった。たしか浅野寿々子、といったはずだ。べらぼうにスタイルがよく、笑顔がきれいな十六歳だった。

〈こころの瞳〉

と、いうのがその曲のタイトルである。これも私のつけた題名ではない。同名のベストセラーが大和書房から出ていて、それにのっかった企画だった。

先年、とある席で、品のいいご婦人が控え目に私のところへ近づいてくると、腰をかがめて、

「先生、おひさしぶりです」

と、丁重な挨拶をした。ひと目みて、あ、あのミス・ティーンだ、と思い出したのは、すっかり大人びた彼女に、いまも十代の面影が色濃くのこっていたからである。

ところで、センセイといえば、レコード会社では私も「センセイ」と呼ばれた。

そのことについて、むかしこんな文章を書いたことがある。

《私は現在でも、あるレコード会社に作詞者としての専属契約が残っているが、ここでは社のアーチストは、すべて先生と呼ばれていた。作詞家、作曲家は、年齢、キャリアの如何《いかん》にかかわらず、みな先生、だった。

先生のなかにも、大先生と、木っ葉先生がいるのは、いたしかたない。だから、ディレクターや、社員たちが、彼らを呼ぶ時のニュアンスは、すこぶる微妙なものがあった。

「なんとかひとつ良い歌をお願いしますよ、先生」

と、こんな具合に敬意をこめて発言される場合もあるが、そうでない時も多い。何年たっても一曲も書かせてもらえぬ先生たちが、制作室の壁際《ぎわ》にたくさん立っていた。そんな先生たちは、ディレクター氏が出入りするたびに、少しでも注目を引こうと腐心《ふしん》していた。彼らは、別に社に呼ばれたわけでもなく、用件があったわけでもない。ただ、ディレクターや社員たちに忘れられないために、毎日そこに顔を出しているのだった。何か偶然の事故や、担当者の気まぐれから、お声がかかるのを、じっと弱々しい微笑をうかべながら待ちつづけているのである。

そんなふうにして、チャンスを摑《つか》み、一発のヒットで有名になった先輩たちの伝説が、レコード会社には、いくらも転《ころが》っていた。

「おまえ、そんなに毎日顔出したって無駄《むだ》だよ。仕事なんかないんだから。あきらめたほうがいいぜ、先生」

そんな言葉をあびせられても、黙って通ったSは、今、ある社のスター作曲家の椅子《いす》についている。ディレクターの前に直立不動の姿勢で、最敬礼をくり返していた某先生は、近頃《ちかごろ》はテレビ番組に、にこやかな笑顔を見せるようになっていた。

その幸運が、いつ自分にも訪れるかも知れない、と、先生たちは思っているのだった。

「おい、先生、ちょっとハイライト一つ買ってきてくれ」

「はッ」

先生は、ディレクターに目をつけられた喜びに胸をふくらませながら、階段を転《こ》けつまろびつ駆けおりて行く。

「やあ、すまんな、先生」

ディレクターと対等に口をきける先生連中もいた。何々ちゃん、と呼ぶかわりに、そう呼ぶのだ。一種の親愛感がそこにはある。

「よう、先生」

「やあ、巨匠」

と、いった具合である。先生、という語感には、このような三つの用途があった。すなわち、蔑称《べっしょう》としての先生、愛称としてのそれ、そして敬称である。ほかに、事務的なものもあり、揶揄《やゆ》的に用いられるものも、イヤ味として使われる場合もあった。

十五、六歳の人気歌手が、先生、と付き人たちに呼ばせているのは、めずらしい風景ではない。政府から勲章をもらった某歌手が、敬意をこめて、先生、と呼ばれるのは、それほど似合わなくはなかった。

いずれにせよ、みな先生だった。レコード会社だけではなく、芸能の世界はそうだ。台本書きや、作詞者たちは、先生、と呼んでやりさえすれば、それで結構良い気持ちでついてくるもんだ、という見くびった感覚が、そこにはあった。

また、コメディアンや、漫才師たちの間には、楽屋では先生と呼ばないと返事をしない連中も少なくなかった。

そのような優越感と、劣等感のからみ合いのなかで、先生、と呼ばれることに私はなれて行ったのだった。

先生、と呼ばれて抵抗感を覚える人々を、私は正直、うらやましいと思う。

これまで私の生きてきた世界では、人々は経済的に不当な扱いに対する怒りを、先生、と呼ばれることで中和されているような所があった。

私の知っている作詞家の先生の一人は、バス代を節約するために、駅からかなりの距離を歩いて社に通ってきていた。別に用事があるわけではない。時に社宛《あて》に電話がかかってくることがある。

「○○先生、Kテレビからお電話です」

「はい、はい」

女事務員から、そう呼ばれることのために毎日、顔を出すのである。Kテレビなどとは嘘《うそ》っぱちだ。電話は夫がいつか大ヒット曲を書いてくれると、信じて、レストランに働きに出ている細君からである。Kテレビから、といって電話をかけるように先生が命じているらしい。さも忙しそうなポーズで受話器を耳に当てている先生の薄い肩に、西日が斜にさしている。

〽やるぞ見ておれ　口には出さず

そんなうまい歌詞がふと頭にうかんで、しめた、と思った時、それがヒット曲の一節だと気づいて、淋《さび》しくなった、と、その先生は私に語ったことがあった。》

まあ、ざっとこんな具合である。したがって私はいまでも「センセイ」といわれることで大げさに照れたりはしない。もっとも今では煙草を買いにやらされる気遣いはないが……。

ところで、NHKラジオの夜の番組でロシア歌謡の特集をやったのは、あれはいつの頃のことだったのだろう。アナウンサーは、当時、NHKのマドンナとうたわれていた下重暁子さんだった。

その中で〈センチな夜〉という曲を坂本九がうたってくれた。昨年、井伏鱒二さんの〈黒い雨〉をロシア語に訳したボリス・ラスキンさん夫妻と金沢でお会いしたとき、そのメロディーを口ずさんだら、

「その歌、知ってますよ」

と、ラスキン夫人が小声でハミングされた。ロシアではこの種の歌を、民謡＝ナロードナヤ・ペースニャと区別して、歌謡＝リリーチェスカヤ・ペースニャと呼んでいるらしい。

NHKでは米山正夫さんと組んで、北島三郎氏の歌を書いたこともあった。〈秩父恋しや〉という題だったと思うが、いま手もとに資料もテープもない。米山さんとは、そのほか山田太郎氏の歌などでもご一緒している。〈リンゴ追分〉や〈山小舎の灯《ともしび》〉や〈関東春雨傘〉などをつくった大作曲家に曲を書いてもらっ

たことは、いまにして思えば貴重な思い出だ。

そのうち松本さんの紹介で大阪労音の仕事をするようになった。そのころの大阪労音といえば、まさに飛ぶ鳥を落す勢いだった。安部公房のミュージカルを上演したり、外国のアーチストを招いたり、その時代の音楽シーンを語るには労音は忘れることのできない大きな存在である。

大阪労音では、いくつかミュージカルの歌詞や台本を書いた。それを友竹正則さんや、ペギー葉山さんなどが演じてくれた。だが、いつもどこかにむなしさが残った。葉山嘉樹《よしき》の『セメント樽の中の手紙』を脚色して上演したときは、すこしは満足感があった。だが、そんな暮らしのなかで、またもや例の厄介な気分が頭をもたげてくる気配が感じられた。

私はふたたび他人に見せるあてのない小説を書きはじめた。小説は作者ひとりの王国である。CMソングのように、うるさいスポンサーの干渉もなければ、秒単位の時間の制約もない。また、レコードのように、作曲家や、歌手や、ディレクターや、編曲者や、ミュージシャンなどとの共同作業でもない。労音のステージのように、予算のことや、観客の動員を気遣う必要もなかった。まして発売するあてのない小説となれば、なにをどう書こうが百パーセント自由だ。

その頃、私の心をとらえていたのは、ロシアと東欧の作家たちだった。そしてレニングラードになる前の十九世紀のペテルブルクの街と、その街を舞台に活躍したエセーニンをはじめとする多くの詩人たちの仕事だった。

〈ロシアへいきたい〉

と、不意に心の底から噴きあげてくるような衝動をおぼえることがあった。しかし、どうすればそれが可能なのか、さっぱり見当がつかない。そのころはまだ、個人の海外渡航が今のように自由化されていなかったのだ。

かつて、パリのことなら裏通りの小路からカフェやタクシーの乗場まで、自分の育った街のように精通しているエッセイストがいたという。だが、意外なことに彼自身は一度もパリを訪れたことはなかったのだそうだ。私のペテルブルクへの夢想も、いくぶんそれに似ていたような気がする。

私は十九世紀のロシアの小説を読みながら、昔のペテルブルクの白夜を頭の中に思い描くことに熱中した。私はことに運河に興味があった。

これがフォンタンカ運河。あれがグリボエードフ運河。そしてその先にモイカ運河。

私は深夜まで明るい白夜の街を、イメージの中でうろつき回る。ブローク記念館はプリャシカ運河ぞいにある。ポーランド行きの列車が出るのは、オブヴォドヌイ運河をこえたワルシャワ駅からだ。ロシアの駅はすべて行先の名で呼ばれるのである。

そんなある日、某ラジオ局のディレクターが、私に不思議な歌のはいったテープを聞かせてくれた。それはロシア語でうたわれたフォーク・ソングのような歌で、メロディーに独特の抒情性があり、いちど聴くと忘れられない味のある歌だった。

決して上手な歌ではない。むしろ無器用といっていいうたいかたである。ギターひとつの伴奏で、録音もひどいものだった。

「この歌の題名はなんというんですか」

私がきくと、ディレクターは笑って、

「露文科出身のきみに、それを教えてもらおうと思って聴かせたんじゃないか」

「歌手の名前はわかりますか」

「オクジャワ、とかいうんだそうだ」

「オクジャワねえ。きいたことがないですね」

「これを持ち帰った男の話じゃ、ソ連じゃ大変な人気らしいよ」

その歌がブラート・オクジャワの、ほとんど処女作といっていい〈最終トロリーバス〉であることは、後になって知った。

どうやら彼は新聞記者か、編集者であるらしい。そして自分でつくった曲に、自分で言葉をつけ、ギターを弾いてそれを口ずさんだ素人の歌がロシア中に大流行しているらしいのだ。

「このテープはどこから持って帰ってきたんですか」

と、私はきいた。モスクワからだ、と彼は答えた。

「モスクワの放送局につとめてる音楽好きの青年が、こっそり録音したらしいんだよ。どうやらソ連当局は、この歌手の歌を若者たちがうたうのを好まないらしいんでね」

「モスクワ、か――」

そうか、モスクワには現代があるんだな、と、私は思った。ペテルブルクは十九世紀の霧の中にかすんでいる、いわば夢想の街だ。しかし、モスクワには現実のロシアがあるらしい。シンガー・ソングライターが勝手に自由な歌をつくり、それをひそかに口ずさむ若い連中が大勢いるのだ。

〈モスクワへいってみようか?〉

それからブラート・オクジャワの歌声が、いつも頭の隅にひびいて離れなくなった。私はモスクワの街のたたずまいを、くり返し心に描いた。ペテルブルクはいつも白夜だったが、モスクワは五月の陽光の降りそそぐ真昼だった。スパスカセ塔や、モスクワ大学や、北京ホテルや、グム百貨店や、写真で見たさまざまな建物が瞼《まぶた》の裏にまざまざとうかんでくる。

時代はニュースで充満していた。だが私は自分の内側にとじこもったまま、外界の事件にできるだけ心を動かすまいと努めていた。

ケネディが暗殺され、その翌月には力道山が刺された。二十二歳のカシアス・クレイは、〈蝶のように舞い、蜂のように刺す〉ボクシングで、ソニー・リストンを7RでKOしてチャンピオンとなった。私はその当時から現在まで、ずっと変らずにクレイのファンである。彼がムハマド・アリとしてアメリカ政府と対決したときは、ことにそうだった。宗教上の理由でベトナム戦争のための徴兵を拒否したことで、彼はチャンピオンの資格を剝奪された。そんなスポーツマンは、かつてアメリカに存在しなかった。そんなアリと、私はのちに「話の特集」で対談をすることになる。それは今でも忘れがたい貴重な一夜だった。

「平凡パンチ」の創刊も、たぶんそのころにちがいない。大橋歩さんの大胆なイラストレイションがまぶしかった。アイビーは、パンチの表紙ではじめてイメージとして定着するのである。

〈日本脱出〉

と、いう記事が創刊号のパンチにのっていた。すこしずつ国外への旅が現実味をおびはじめてきた時期だった。「平凡パンチ」創刊号の広告には、〈ポルシェ904を追え!〉と大見出しが躍っている。〈プロ野球インサイド・ルポ〉を、五味康祐が書いている。柱になっている連載小説の作家は、今東光、戸川昌子、笹沢左保の三人だった。

東京オリンピックが、もうすぐそこまで迫っていた。〈戦後〉は完全に終ったかのようだった。あたらしい時代がはじまろうとしているのだ。ようやくそれが見えてきたようだった。その頃、自民党の総裁選挙では、史上空前の金が動いたと報じられた。所得倍増、経済成長の旗印をかかげる池田勇人首相によって、経済がすべてに優先する時代が推しすすめられつつあった。

3

呼吸が苦しい。

そう感じはじめたのは、二十代の後半からだった。吐く息が十分に吐ききれない感じが残るのだ。当然、吸うほうも十分ではない。なんだか肺が古ゴムみたいに弾力を失っているようなのである。

地下鉄に乗ると、ことにそうだった。途中で苦しくなって、目的地の手前の駅で降りたりする。いったん地上に出て、空気を補給してからふたたび電車に乗るようなことがしばしばあった。

それまで十年ちかく一度も医者にかかっていないことが私の自慢だった。少々の病気は、自然に治るのを待つ、というのがモットーだったのである。しかし、どうやら今度だけは、これまでと調子がちがう。

ひょっとすると結核かもしれない、と、思った。しかし、病院にいって診断をしてもらうのが不安で、なんとなく日をすごしていた。

〈このまま死んだらどうしようか〉

と、ふと考える。なにかひどくやりきれない気分だった。東京オリンピックなんか、どうでもいい。余生、という言葉がふと頭に浮かんできたりもする。

気づいてみると、いつのまにやら三十代に踏みこんでいた。もはや青年ではない、と、あらためて思う。最初のうちは刺戟的だったレコード会社の仕事も、急に色あせて感じられるようになってきた。

そんなある日、ひさしぶりに弟の邦之と新宿で会った。彼のほうから会いたいと言ってきたのである。私たちは紀伊國屋書店の裏手の薄暗い中華料理店で会った。

「顔色がよくないね、にいちゃん」

と、弟は私を見るなり言った。

「どこか具合でも悪かとね?」

東京での生活もかなり長いはずだが、弟は私と二人だけになると時どき九州弁がまじってくるのだ。

「最近、ちょっと息が苦しいんだよ。呼吸器が悪いのかもしれない」

「親父も結核だったもんね」

「いやなこと言うなよ」

弟はめずらしく金回りがよさそうで、勝手に高い料理をいくつも注文すると、

「夢中になってやってるとぜんぜん勝てんのに、軽い気持ちで買うと嘘みたいに当ったりする。競馬ってのも皮肉なもんだね」

「まだ競馬やってるのか」

「いや。ときどき、ふっと馬券を買うだけ」

しばらくとりとめのない話をしたあと、弟は目を伏せて言った。

「おれ、なんか今の暮らしが、いやになってしまった——」

「めずらしいな。お前がそんな弱音を吐くなんて」

「にいちゃんはどう？」

「そうだなあ」

私は水っぽいフカヒレのスープを一口すすって、正直に最近、感じていることを言った。

「おれ、レコード会社の仕事、やめようかと思ってるんだけど」

「やめてどうするの？」

「しばらくぼんやり暮らしてみたいんだ」

「それから？」

「もし体力があったら、外国へでもいこうかと思ってる」

「外国って？」

「ロシア」

「ふーん」

弟は煙草に火をつけて、しばらく黙っていた。

「にいちゃんもやっぱり一カ所に腰の落ちつかんタイプなんだなあ。おれだけかと思うとったけど」

「家系かな」

「引揚者だもんね」

私たちはなんとなく笑った。一九四六年の夏のおわり、私たち一家は三十八度線の南をめざして北朝鮮のピョンヤンを脱出している。途中までトラックで、後半は徒歩で三十八度線をこえるというのが、私たちの計画だった。まだ子供だった弟は私が手を引き、幼かった妹は父がせおった。

計画はなかなか思いどおりにはいかないものである。何度かの失敗と、いろんな回り道をしたあげくに、私たちはようやく三十八度線をこえて脱出に成功し、開城《ケソン》の米軍キャンプに収容された。現在とちがって、当時はケソンは南に属していたのだ。そこから仁川へ運ばれ、また収容所ぐらしがつづいた。軍用のリバティ船に乗り込んだのは、その年の暮だった。二人ともふっとそんなことを思い出したのだ。

「病院にいって、診てもらったほうがいいね、にいちゃん」

と、弟は言った。

「せっかく苦労して帰ってきたんだから」

「うん」

「いまの仕事、やめたいんならやめたほうがいいよ。気分がわるいと、体までおかしくなってくるけんね。兄貴ひとりくらいなら、おれが食わせてやるから」

「えらそうなことを言う」

その日、彼は何か、私にこみ入った相談があったのだろうと思う。だが、落ちこんでいる私を見て、それを言い出せなかったのではあるまいか。私たちはしばらくとりとめのない雑談をして、別れた。

「ひょっとすると、東京をはなれるかもしれない」

と、私は別れぎわに弟に言った。

「この六、七年、すこし急いで走り回りすぎたような気がするんだ」

「うん」

弟は片手をあげると、痩せた肩をそびやかすような歩きかたで新宿の雑踏の中に姿を消した。さっき飲んだビールのせいか、急にまた呼吸が苦しくなってきた。腹式呼吸で大きく息を吸いこもうとするが、うまくいかない。胸の奥がぜいぜい音をたてているような感じだった。

〈このままもし死んだらどうなる?〉

と、ふと思った。風が出てきた。私は灰色の流れのような人波に身をまかせて、新宿駅のほうへ歩いていった。

横浜・モスクワ・北欧

1

記憶というものは実にいいかげんなものである。私自身のことをふり返ってみても、そう思う。勝手な思い込みというやつがある。記憶ちがいということもある。時間がたつにつれて、デフォルメされてしまった思い出もある。他人から聞いた話を、自分自身の体験のように信じこんでしまっている例もある。そして一度そうときめこんでしまった誤りは、なかなか直りようがない。

一九六七年（昭和四二年）の春から六八年にかけて、「週刊読売」に連載のエッセイを書いていた。見開き二ページの短い雑文だが、たぶん一年ちかく続いたような気がする。最初は三カ月の約束だった。それがなんとなくずるずると延びて、いつのまにやら五十回まできてしまったのだ。

さし絵と題字を村上豊さんが描いてくれており、こちらのほうが好評だったような気配もあった。村上画伯は今でも若々しいが、当時はプロ野球にでもスカウトされそうなスポーツマンタイプの颯爽たる青年だった。

有楽町駅から歩いてすぐの編集室に顔を出すと、これまたスマートな塩田丸男さんが現れて、

「どう？　締切り大変でしょ」

などと、ニコニコしながら肩を叩いてくれたことを思い出す。

『風に吹かれて』というタイトルのその連載は、完結してまもなく読売新聞の出版局から単行本として出してもらった。初版の日付が昭和四三年七月一日となっている。〈あとがき〉のほうには一九六八年四月と書いてあるから、たぶん実際に店頭に並んだのは六月の下旬ぐらいではあるまいか。考えてみると、それから

ちょうど二十五年以上、つまり四半世紀が過ぎたわけだ。

村上豊さんの装丁になるハードカバーのほうは、定価八百円のまま十五年ほどもちこたえていた。いくつもの文庫に重なって入るようになって、刀折れ矢つきたという感じで絶版になったが、最後の版は八十二刷になっていたと思う。人間でいえば八十歳をすぎて、めでたく成仏したということだろうか。

この雑文集は、その後、各社の文庫におさめられて、ひっそりと生き続けた。潮文庫、旺文社文庫、などというめずらしい版もある。二十五年たって、現在もかろうじて残っているのは、新潮文庫、集英社文庫、角川文庫など、いくつかしかない。

一年に一、二度、どの社かの文庫から申し訳なさそうに重版の通知がとどく。増刷する部数があまり多くないからである。しかし、こういう葉書をもらうのは、書き手としてはとてもうれしい。さしずめ老後の娯《たの》しみといった感じなのだ。

ハードカバー版が子供なら、文庫はさしずめ孫みたいなものだろう。この大変な世の中で、あちこちの孫がなんとかやっているというのは、まことにめでたい限りではないか。

　過去の遺産で食うようになっては、作家はおしまいである。まして時代や風俗とともに討死にする、などと大見栄を切ってきた手前、私としても孫の年を数えるようになったことを大いに反省せずにはいられない。

　しかし、あえて私なりの自負を語らせてもらえば、元の文章が週刊誌という俗っぽい舞台に読み捨ての雑文として発表されたものである点に、ほのかにうれしい部分があるのである。紙質の上等な、品格も看板も立派な雑誌に斎戒沐浴して書いた文章なら、ながく生きのびたとしても、べつにうれしくもなんともないだろう。

　どうしてそんなつまらない事にこだわるのか、と、苦笑される向きもおられるかもしれない。雑誌は雑誌、新聞は新聞ではないか、と。

　だが、私にとってはそうではないのだ。その辺のこだわりを正確に説明することはむずかしい。乱暴な言い方をしてしまえば、それは私が〈引揚者〉だから、ということになるような気もする。

最近、〈海外帰国子女〉という言葉をしばしば耳にするようになった。考えてみると、十四歳で北朝鮮から帰国した私も、りっぱな〈海外帰国子女〉のはしりである。しかし、〈引揚者〉と、〈海外帰国子女〉の間には、暗くて深い大きな河があるようだ。中国語や、朝鮮語の片言がしゃべれる女の子でも、当時は決してバイリンギャルなどとは言われなかった。

思うに〈引揚者〉には、共通のある病痕が見られるようだ。〈帰国子女〉にはそれがない。その病痕は、あまのじゃく、とも、片意地、とも呼べそうな、どこかにひねくれた気配のある性向となって日常生活のあちこちに現れてくる。

私がはじめて新人賞に応募する雑誌として、当時、中間小説誌とか、読みもの雑誌とかいわれていた「小説現代」を選んだのはそのせいのような気がする。また、「日刊ゲンダイ」などという必ずしも上品とはいえない夕刊に創刊以来二十年あまり書き続けているところにも、〈引揚者〉特有のこだわりがひそんでいるのかもしれない。

思わぬところへ筆がそれてしまったが、そんな私の記憶の不確かさについて、もう少し書こうと思う。
その『風に吹かれて』のなかに、かつての五〇年代の新宿について触れた部分がある。

《(前略)昼間の新宿の記憶といえば、ほとんどない。わずかに紀伊國屋の喫茶店と、木造だった以前の風月堂、それに中村屋ぐらいのものだ。のちにオペラ・ハウスが昼間ジャズ喫茶をやっていた頃、ウェスターン音楽を聞きに通った事を憶えている。それからフランス座の記憶が続く。新宿ミュージック・ホールと名前の変る前のフランス座は大変面白かった。後年、その頃私がひどく気に入っていた三笠圭子というストリッパーが、北海道のキャバレーに出ているのを見て、懐旧の念にかられた事がある。浅黒い肌をした、くせのある踊り手だったが、池袋フランス座の斎藤昌子と共に忘れ難い真のアーチストであった。(後略)》

この文章の最初の部分を読んで、ん？　と首をかしげられたかたは、相当の新宿通だろう。

ここに出てくる風月堂は、じつは凮月堂と書くのが正しいという説がある。私はそのことを山崎朋子さんからいただいた葉書で、はじめて教えられた。もうかなり以前のことになるが、それまでフーゲツ堂が〈カゼ〉でなく、〈凮〉の字を使うなどとは考えてもいなかったのだ。もし、それが本当なら、学生時代から四十年あまり、ずっとまちがった字で押し通してきたことになる。

しかし、手もとにある「毎日グラフ」の〝風月堂〟特集では、やはりカゼの字が使われている。ところが先月の「群像」誌上の安岡章太郎氏とリービ英雄氏の対談中に出てくるフーゲツ堂は、ちゃんと凮になっているのだからおもしろい。問題は、私の記憶のあいまいさにあるのだ。あれほど通いつめた店の名前すらはっきりしないというのは、なんとも情ない。

ところで、この文章のなかに出てくるオペラ・ハウスは、本物のオペラをやる場所ではなくて、そういう名前のキャバレーである。

夜はキャバレー、昼はライブ・ハウス、といったたぐいの店が、当時、新宿にはいくつもあったのだ。

私はそこで寺本圭一や、小坂一也などのうたうウエスタン（当時はなんでも一緒くたにしてウエスタンと呼んでいた）を、仲間たちときいた。〈ハートブレイク・ホテル〉や、〈ハウンドドッグ〉などの流行のロカビリーも、当時よくうたわれたナンバーである。

新宿フランス座については、いつかあらためて書く必要がありそうだ。私がジプシー・ローズをはじめて見たのも、フランス座だったと思うが自信はない。当時のストリップ劇場では、ヌードとならんで、コントも重要な分野だった。その頃フランス座に出ていたコメディアンのなかには、のちに私がテレビのバラエティ番組の構成をやるようになってから再会した人たちも何人かいた。

2

さて、そんなわけで、三十年ちかくも昔のこととなると、さっぱり正確な記憶がよみがえってこないのはどういうわけだろう。しかも、まちがいだらけの思い出が、しっかりと心に固定されてしまっているのだ。

そんなあいまいな記憶の森をくぐり抜けていく手がかりは、ほとんどないと言っていい。年譜とか、出版目録とかいった記録も、じつはなかなかむずかしいものである。

たとえば私の新人賞の受賞作である『さらばモスクワ愚連隊』という小説が発表されたときの、雑誌の日付は一九六六年（昭和四一年）六月号となっている。だが、そのころの小説雑誌の日付は、実際の発売日よりも二カ月ほど先行していたはずだ。したがって、受賞作品が掲載されたのは、たぶんその年の四月下旬のことになるわけだ。

それに先立つ一九六五年の六月のはじめ、私は思いがけなく念願のロシア行きの夢をはたすことができた。

横浜からバイカル号というソ連船舶公団の船に乗ってナホトカへ着き、そこからイルクーツクを経て、モスクワ、サンクトペテルブルク（当時のレニングラード〉、そして北欧四カ国を回る貧乏旅行が実現したのだ。

その年の仕事をちょっと調べてみると、〈東洋フォークソング・ミュージック〉、〈ヨーロッパのうたごえ〉、〈世界ミュージック・カレンダー〉、その他いくつかのLPレコードのライナー・ノーツを書いているほか、〈鉄腕アトム・シリーズ〉を五枚のLPに構成する仕事などを手がけていることがわかる。

もちろん、学芸部の専属作詞家として童謡のレコードもかなりの枚数を出している。

〈春までさようなら／ソヴェート民謡／河村順子〉、〈小さい白樺の木／同前／クラウン少年合唱団〉、〈おまつり／ボリビア民謡／ザ・マーガレッツ〉、〈黄色い仔牛／中国民謡／宍倉正信〉、〈かあさん大好き／メキシコ民謡／猪股《いのまた》洋子〉、〈こぎつねさん／クラウン少女合唱団〉、〈サンタクロースがやってくる／G・オートリ他／後藤久美子〉、〈黒い瞳／ロシア民謡／ミュージカルアカデミー〉

などがその年に発売された子供のための歌だ。このほか、〈童謡八木節〉、〈こども小原節〉、〈青い鳥音頭〉、〈でっかい音頭〉、などというおかしなレコードも作っている。〈あがり目さがり目〉、〈おしくらまんじゅう〉、〈かりかりわたれ〉、〈じゃんけんぽん〉、〈おにさんこちら〉、〈あした天気になーれ〉、なども当時の私の不朽の名作ならぬ〈不評の名作〉の一部であった。

私がはじめて当時のソ連に入国したとき、パスポート・コントロールの管理官は、私の旅券の職業欄を見て、おや、という顔をしたものだ。そこには図々しくもPOETと書いてあったからである。

「ヴィ・パエート？」

と、彼はいくぶんけげんそうな表情できいた。

「ダー」

と、私が重々しくうなずくと、それまで疑りぶかげな目で私をみつめていたKGB管理官の態度ががらりと変って、妙にへりくだった顔つきになり、

「どうぞよい御旅行を！」

と形式ばった口調で言った。まるでプーシキンかレールモントフにでも対するかのような丁重さだったのがおかしくもあり、またうしろめたくもあった。私が

〈おしくらまんじゅう〉や〈でっかい音頭〉の作詞者《ライター》だと知ったら、彼は一体どんな顔をしただろうか。

およそ詩人を大切に考える社会習慣に関しては、ロシア人の右に出るものはないだろう。私の最初のソ連訪問が印象ぶかい旅になったのは、パスポートにしるされた誇大肩書きのおかげだったのかもしれない。

ソ連・北欧の旅では、いろんなおもしろい体験をした。こちらが好奇心の触手を一杯にひろげて歩き回ると、事件はむこうからとびこんでくるものなのだ。一般人の海外渡航が自由化されてから、まだまのない頃である。海外へ出る、ということだけで、ひとつの冒険と考えられた時代だった。ましてソ連・北欧となれば、ほとんど未知の世界にちかい。

学生時代の仲間だった川崎彰彦の書くところによると、私は当時のレニングラードから彼宛に出した葉書のなかで、こんなふうに述べているのだそうだ。

《モスクワからレニングラードへ廻ってきたところ。〈恋のヴァカンス〉がはやってたモスクワは、やはり田舎風で、レニングラードは完全に西欧だ。小生らの泊まっているネフスキイ通りのアストリアホテルでは、ヒゲを生やしたバンドが〈モーニン〉か何か難しい顔をしてやっている。モスクワでは非行少年のグループの仲間になって面白かった。あぶなくパクられそうになったりして、スリル満点。ゴーリキイ記念館も、クレムリンも、エルミタージュも何もみない。街を潜行して、人間たちの生活だけを見て廻っている。インツーリストの連中はヘンな外人と呆れているらしい。『さらばモスクワ愚連隊《スチリャーギ》』という本がかけそうだ。一日四度うまいイクラを食って、すっかり肥った。美人と酔っぱらいの多い国だ》

まるで病気としか思えないほどの筆無精の私が、こんな葉書をわざわざ書き送ったとは信じられない気もする。たぶん、よほどつよい印象をうけて、それをどうしても仲間に伝えたい衝動につき動かされたのだろう。

この小説のタイトルについては、たしかに旅行日誌のなかに書き込んだ記憶がある。スチリャーギというのは、古い表現でいえば日本での〈太陽族〉とか、

〈みゆき族〉とかいう言葉に相応するのかもしれない。スチリャーギは、スチリャーガの複数である。要するに、アメリカ的風俗にかぶれてジーンズを着たり、ジャズに夢中になったり、およそ社会主義国家にふさわしくない非行少年の群れを指す当時のソ連での流行語だった。

その頃のソ連は、スターリン批判以後の雪どけの季節に対する、反動と抑圧の時代のまっただ中にあった。社会引き締め政策のなかで特に標的となったのが、この非行少年《スチリャーギ》たちである。逮捕されると、悪質な者は労働矯正収容所へ送られる。〈トルーダヴァヤ・カローニア〉と呼ばれるその収容所では、労働によって少年たちの更生を援助するというたてまえになっていた。そんなスチリャーギ連中と一緒にパクられる破目になって、私だけがその場で釈放されたのは、ある理由がある。だが、そのことについて書くのは、まだ少し早すぎるような気がしないでもない。

川崎宛の葉書の日付は、一九六五年六月十七日、となっているそうだ。たぶんレニングラードに着いたその日に書いたものだろう。モスクワからレニングラードへの特急〈赤い矢号〉は、朝に到着する。先年二十七年ぶりに同じ列車に乗って、そのあまりにも変っていないことに驚嘆したものだった。列車からサービスまで、まったく六〇年代と同じままなのだ。ひとつだけ変ったのは、レニングラードがサンクトペテルブルクと呼ばれるようになったことだけだろう。

3

さて、レニングラードから列車でカレリアを越え、ヘルシンキの駅に着いたのは、まさに白夜の季節だった。この列車の旅で得た印象は、今でも忘れることができない。帰国したら〈霧のカレリア〉という題の小説を書こう、と夢のように考えたことをおぼえている。

この北欧の旅は、ロシアとはまたちがったさまざまなことを私に考えさせてくれた。そのときの日記を読み返してみると、きのうのことのように旅の想い出がよみがえってくる。

一九六〇年代の北欧は、私にとってすばらしく新鮮で、興味ぶかい土地だった。古い日記のなかから、ヘルシンキに着いた日からストックホルムまでの部分を抜萃してみよう。

○一九六五年六月十八日

朝七時ポーターが起こしにくる。ハイヤーで駅へ。ポーターに二十五コペイカやったら、一つ三十コペイカだと言う。ポーター料はインツーリストの旅費に含まれているから払わずとも良いと思ったが、おじいちゃんと喧嘩もしたくないので、一ルーブルやって十コペイカのおつりをもらう。

車は四人のコンパートメント。出発して間もなく車中のボーイが、お茶は？と聞くのでサービスと思って頼んだらビスケット・ウェファース付きの紅茶で、二人で一・五ドルとられた。車掌室では車掌が、うなぎのでかいような気味悪い魚を手でしごいてはらわたを出しているところ。ウオッカと一緒にやるとハラショーだ！　と愉快なことを言う。

国境近くの駅で停車、軍人と税関吏が乗りこんで来て検査、特にうるさいことは言わなかったが、玲子の手帳を不審そうに調べて、遂に持ち去ってしまった。二十分ほど検討したらしい時間の後に返しに来る。ホテルの朝食のメニューなどロシア語で書いてあるのが不審だったにちがいない。

国境をこえると、がらりと車窓の観が変った。みずみずしい田畠、美しい農家と一戸に必ず止っている新しい乗用車。入って来た税関の役人も、紳士的な口調で、良き旅を、と挨拶するしつけのよさ。兵隊の服装も、グレイのシックでスマートな制服。ソ連から入って来るとまるで夜が昼に変ったようなまぶしいほどの明るさだ。これでは、ソ連の政府が自国の国民を外国に出したがらないわけだ。わずか数十メートルの国境線をこえただけで、何という変りようだろう。ただ、車窓に見えるシェルとか、ＵＳＡの煙草の広告、コカ・コーラのＰＲなどアメリカ資本の侵入が、目立つのが、気になる。

ヘルシンキに着いて待合室に座ると、老人が、手招きで呼ぶ。ヤパーン、と言って煙草をくれる。駅の待合室にはアルコールの臭《にお》いをさせた身なりの良くない男たちが、所々に座っていて、大男の制服を着た駅員が、えり首をつかんでつまみ出している。あまりパッとしない連中のたまり場みたいになっている感じ。上野の地下道といったところか。

インフォメイションの窓口でホテルをたのむ。いくらの予算だと聞くからチープ、と言ったら、そばかすのあるきれいな女の子が、一生懸命ダイヤルを回して十軒ほど当ってくれて、やっと決まった。ミッションホテル（何とかホスピッツ）という所。ダブルの部屋で十七マルッカ（千九百円ぐらいか）。紹介料、一人二マルッカ取られたのは計算外。

タクシーで三・五マルッカの町である。静かな街通りで近くに公園があり、美しい古寺院の尖塔《せんとう》がみえる場所。外観は地味だが室内はさすがデザインの国だけあって驚くほどモダーンだ。五二七号の部屋は四畳半くらいだが、美しく合理的。熱い湯がざぶざぶ出ることと、しみ一つない真白なシーツ、床にしいてある手織りの敷物のデザインが良い。木材の国だけあって、木をうまく使ってあるのが目立つ。夕食をしに街へ出る。雨の中に不意にグリーンベルトの緑が浮き上って、赤い街並みが、白昼夢を見ているような幻想的な美しさだった。

レストランは全てセルフサービス。ソーセージ、パン、ミルク、マッシュポテト、で、二・五〜三マルッカくらい。食費は高い。生活水準の高い国だから、旅行者には暮しにくい土地らしい。しかも、すべての商店・デパートとも、夜、シャッターを下ろさず、ウィンドウの所をつけっぱなしなので、デザインの技巧をこらした街中のショー・ウィンドウが小さな舞台を見ているようにそれぞれ輝いている。

ソ連から一歩出てヘルシンキへ来ると、旅行者はその消費文化の高さに一種のショックを感ぜずにはいられまい。駅近くの洒落《しゃれ》たカフェに入ってコーヒーを飲む。五十五ペニア。この街に足をふみ入れた時から我々は好奇の目で身体中穴だらけにされてしまいそう。ヤポンとかハパーンとかひそひそささやき合って、目があうとニコッとしてみせるし、ある老人などはレストランの出口で、何やら独立歌らしきものをちょっとうたってボンニュィーとおじぎをして立ち去った。

女の子も男の子もみんなまじまじと振り返り眺めて行く。街にブルーバードや、日本のカメラ、時計、ラジオなどが麗々しくウィンドウにかざってあるのが目立つ。街の明るさ、通行人の女の子の大胆なドレス、建築物のデザインの新しさにしばらくイカレた感じ。

ホテルに帰ると壁に注意書きがしてある。室料、朝食のメニュー、十一時が門限であること、以後はベルを鳴らして管理人に開けてもらうこと、一回三十ペニア支払うこと、室内で酒は禁ず、外来者は十時で引き揚げること、バスは二・五マルッカ。ETC・ETC。

ミルクの二十ペニアは安いが、パンの一マルッカは高い。概してパンがべらぼうに高い国だ。コーヒーは五十~七十ペニアくらいで日本と同じ。十一時過ぎてもまだ明るい。街の中心部をしきりにカモメが舞い飛んでいる。ジーンズパンツ姿のハイティーン、漁夫スタイルの女の子が目立つ街だ。もうひとつ、やたらと老人が淋しそうだ。セルフサービスのレストランに座ってぽつねんと軽食をつついている老人たちがバカに多い。

インツーリストやビザに拘束されていたソ連から出て来て、とにかく、行きたい所へ自由に行ける国へ来たという解放感でほっと気分がくつろいだ。金がなくなれば公園のベンチに寝る自由だってあるし、何日ヘルシンキにいても、何日に発っても良いのだ。

○一九六五年六月十九日

朝七時に電話が鳴って目がさめた。外は雨。午前中ホテルで書き物などをして、午後から町へ出る。B3という電車でチボリへ。遊園地。土曜の夜とあって、精一杯ドレスアップしたつもりの田舎ボーイたちや、ビートルズ・スタイルの兄《あん》ちゃん、ラッパズボンのローティーンたち。入園料一・五マルッカ、ダンスホールはハイティーンとローティーンで日本のパーティー風景そのまま。違うところは女の方が多いことくらいだ。

K青年の友人のヘルシンキの少年、ヨルマと一緒に人ごみの中をキョロキョロして歩く。中で、昼間街で会ったヨタ公みたいな日本人の青年、二人に会う。昼間学生広場で会った時、崩れたいやな空気を感じた連中だ。インドから一年半かかって来たといっていたが、ユースホステルの日本人が自転車を買う広告を出したという話をしたら、「何だい、自転車なんか買わなくても、そのへんにいくらでも落ちてるじゃないの」と言った奴《やつ》。不精ひげを生《は》やし、どうやらヘルシンキの非行少年グループの所へころがりこもうという計画らしい。K青年は女の子をつかまえ踊っている。玲子を待たせているので引き揚げる。

深夜、K青年が来て、ホールで知らない男にイチャモンつけられたと言う。何でもお前の友達がぼくのオペラグラスを持って行って返さないと思っていたらしい。どうやらあの二人組がやったのかもしれない。ユースホステルなんか高くって泊まれないや、と言ってた連中だから。無目的な旅に出るというのも、一つの目的意識である。しかし、連中にはその目的意識さえも感じられず、単に放浪のためのなり行きまかせの放浪といった空《むな》しい腐臭を発しているのが感じられた。

この国の豊かさは何か植民地的なところがある。昨日まであれほどいやがっていたレニングラードが、実に高貴な街に感じられてくるという不思議な現象におそわれた。ヘルシンキは物質的にも豊かで自由だ。だのに人びとの生活に本当の知性というものが感じられないのはなぜだろう。

ソヴェートの街は汚なく、人びとは貧しかった。しかし、レニングラードにも、モスクワにも、公園で本を読んでいる人たちや、いつも花を持ち歩いている人びとを見かけたのに、この街ではまだ一人も見かけない。ロシアの貧しさは目的意識をもった貧しさだと思うと、ロシアがにわかに巨大な重量感をもって立ちはだかってくる。

ヘルシンキ(フィンランド)は、まだ本物のナショナリティにもとづいた高い文明をもっていないまま、高度に文明化した一種のアメリカ植民地だという気がする。フィンランドにはデザインはあってもアートはないのではないか、という感じがした。

華やかで、モダーンな街だが、出発前夜の白夜のレニングラードのあのきびしい街々の美しさは、極めて精神的な美しさだった。その高貴さが、この華やかで清潔な街ヘルシンキにはない。レニングラードは昼間見るとむしろみにくい町である。それが、あの高貴な印象を同時に持ち得るところに現実の面白さがある。それはロシア全体にも言えるかもしれない。不潔さなしの高貴さはない。今夜はロシアのあの貧しさ暗さが、かえって見事なものに思えてならない。

ヘルシンキは美しくモダーンで生活程度も高い街だ。しかし、この街には人間にとって最も重要なもの、精神的な高貴さ、知性の豊かさが欠けているように思われる。遠くで汽笛の音がきこえる。明日は日曜なので、デパートストックマンでパン、チーズ、ソーセージを買いこんで来ておいた。

○一九六五年六月二十日

十二時頃、ヨルマが彼の兄貴を連れてK青年の部屋に来たので、絵葉書やレコードを見せる。彼が十五で兄貴は十六。得意そうにフィンランドの煙草だとすすめるのを見れば、マールボロである。アメリカの煙草じゃないかと言うと、ノー、フィニッシュ！　と言う。よく見るとMADE　IN　FINLANDとは確かに書いてあるが、ニューヨークのフィリップ・モーリス社とある。つまり米資本がフィンランドで作っているやつだ。日本のマックスファクターみたいなものか。

街中にアメリカ煙草の看板が多い。市電の座席の背後には全部コダックのフィルム広告がはりつけられている。ヨルマは学生。六、七、八と三カ月夏休みだそうだ。兄貴の方は職工らしい。連中と連れ立ってオリンピックスタジアムへ民族舞踊のパレードを見に行く。途中急な夕立ちにあう。スタジアムは四マルッカ、金が惜しいのと混雑にイヤ気がさして入場をあきらめ、ヨルマたちと別れてシベリウス公園の方をぬけ、海へ出る。

ボートハウスのあたりは静かな住宅街だ。海ぞいに豪華なレストランが花に囲まれてあり、ドレスアップした男女が車で乗りつけている。例のザリガニ料理のレストランらしい。高そうなのと、エリートムードが気にくわず、横目で眺めて歩く。

途中、またにわか雨。市電をひろって駅前広場へ。更にマンネルハイムの先のグリーンベルトを渡った洒落たスナック〈BAARI――BAR〉に入る。木材の国だけあってうまく木質を生かした明るいシックな店。メニューがわからずミルクとハムをのっけたオードブル的なオープンサンド。二階が小さな映画館になってるらしい。

昨夜の土曜につづいて、今日も、人びとは着飾ってぶらぶら歩き回っている。柄《え》の長いコウモリをもった、パリのマヌカンスタイルの女の子などがすいすいと入って来て、それがぴったりくるような店の雰囲気。トイレの入口は取手《とって》が外《はず》れるようになっていて、いちいちカウンターからその取手をもらって行き、ドアを開けて入る。

ヘルシンキへ入って以来、好奇の目で見つめられるのは慣れてしまって、すましてこちらを無視する連中がいると腹が立つくらいのスター気分である。スウェーデン劇場の横を入った学生広場の一角にある、アーケードの二階ニッセン（Nissen）というカフェに入る。さしずめ新宿の凮月堂といった場所。ハイティーンよりちょっと上の連中が三々五々たむろして、お互いに相手を物色したり仲間で待合わせたりしている。

アフリカ系らしい漆黒《しっこく》の黒人が真赤な帽子に真赤なコートの美人にもてていて、白人たちが、うらやまし気な風情《ふぜい》。我々の階に座ったBGらしき二人連れに二人組の青年がアタックしたが、どうやら失敗。女も男を選んでいる模様。

玲子を市電で帰して、夜のヘルシンキの街を歩き回る。十一時ちょっと前に駅に近い場所で、ダンスホールをみつけた。入場料三マルッカを払って入る。

日本のホールと殆《ほとん》ど同じムード。面白いのは二曲すむと女と男がサッと左右に分れて、女は壁際に、男は向き合って並んで、また次の曲で相手をつかまえるシステム。勿論、端の暗がりではチーク組もいる。ここも女が多いと見えて、男が手を出して断る女はいないようだ。

一体にステップはメチャクチャ。日本の連中よりはるかに劣る。十八、九の女の子と踊る。男みたいな子で自分で勝手にリードしてリズム感なし。踊りにくい。少し英語を話す。次に踊った子はまずまずだが、これはどうもイカさないご婦人であった。英語はダメ、キートス、と手を放すと残念（?）そうな風情である。十一時三十分閉館。このホールはビートルズ・スタイルはなく、マンボも組んで踊るという、一応品の良い場所らしい。

クロークのチップが五十ペニア。バンドも、人間も、全然田舎くさい。まあ地方都市のホールなみ。神国とか何とかいう日本文字を染めた布のドレスを着た女がインド人らしき男と踊っていた。

歩いてホスピッツへ。ボタンを押して眼鏡のオールドミスに開けてもらう。この起こし賃が一人三十ペニアである。

明日、トゥルクへ行くことにする。ヘルシンキもなかなか面白い街だが、食物の高い街だ。簡易レストランのセルフサービスで軽く済ましてる連中が多いのが実に目立つ。フィンランドの建て倒れか。ロシアでは食い倒れの気配があったようだ。

ローティーンが公然と煙草を吸っているが、大人たちは知らぬ顔。一体に余り知性を感じさせない街だ。センスはあるが思想のない国といった感じがした。一九一七年の独立までロシアとスウェーデンの間にはさまれて両国に支配されてきた土地柄か、ナショナルな伝統の重味というものを全然感じさせない土地だ。

東洋における朝鮮を経済的に豊かにしたような見方はどうか。レニングラードは恐るべき不潔さと臭気と同時に厳しいまでの高貴な美と格調をもった街だった。ロシア的といわれる神と悪魔、悪と美とのアンビバレンツから生まれる激しい対立のすごみがあった。この街はあまりにも一面的に清潔すぎる。フラットな絵葉書だ。不潔さを持たない街には真の高貴さはあり得ないのだ。この街の印象の平板さは、その全てがフラットな清潔さ、合理性、グッドセンスにある。ここにはハーモニーはあってもポリフォニーはなく、調和があって対立のドラマがない。しかし旅行者にとってはなかなか快適な街であることは間違いない。

この国の均一的な清潔さにレジストしてるのが、あのチボリのビートルズティーンエイジャーかもしれない。夜、ラジオからはモスクワ放送の歌のコールサインミュージックが流れて来ていた。モスクワでは〈マイアミビーチ・ルンバ〉、レニングラードでは〈モーニン〉を聞いたが、この街ではシャンソン調のもの、聞きおぼえのある曲をやっている。映画は007の『ゴールドフィンガー』、世界はすでにコミュニケーションの分野では一つのものとなりつつある。

この国で最も目立つ車はモーリス・ミニクーパー。ついでダットサンブルーバードが随分入っている。フォルクスワーゲン、シトロエン、フォード、フィアット。この国の車は余りないのだろうか。この面でも植民地的なものを強く感じる街だ。煙草はケントが多い。値段は日本より少し高く、百八十円位だ。何といっても、まあ牛乳とチーズが安くて旨い。

ミカドというナイトクラブがあった。ホールはリバプール何とかというビートルズ・スタイルほか、五、六カ所あるらしい。この国ほど日本人をめずらしがり好意のこもった好奇心をしめすところもなかろう。こっちが、一寸《ちょっと》ウインクでもしてやろうものなら、ニコッと実にうれしそうに笑う。下手な英語だが、相手も下手だから威張って使える所だ。

空気は澄んでうまい。十二時過ぎまで明るく、白夜はいよいよ長くなってきた。革の外套《がいとう》を着て歩いている女も多い。もう真夏だというのに。チボリでは吐く息が白かったほどの涼しさだ。

一九六五年六月二十一日

ヘルシンキの宿から市電で駅へ。サービス料・税こみで三十二マルク。正確である。列車は定時に発車。ノースモーキングカーである。K青年、トゥルクの付近に住んでいるという女の子をつかまえ、しきりにアプローチを続けている。

列車は清潔、車掌が、一々、威儀を正して乗客の顔をうち眺め、何事か大音声でのべたてるのが面白い。トゥルクに四時着。インフォメイションで、スチューデントハウスを紹介してもらう。ダブルで十七マルクの由。タクシーで三マルクの位置。清潔かつ合理的だが、ここは、ヘルシンキとちがって、寮生の合宿の如き感あり。

長期滞在の者は、ドアの所に、名前をはってある。アメリカの学生が多いらしい。シャワー、調理室もあり、何か良い匂いがする。窓外は息苦しいまでの緑の木立で、ベランダからは、トゥルクの美しいカテドラルが見える。

フィンランドの京都というけど、街中は案外にモダンな近代建築が多い。ただ行きかう人々が、ヘルシンキより、身なりが良く、ネクタイをきちんとしめ、ステッキを持った紳士など時折りみかける。

ホテルのすぐ一つ先の通りに面して河があり、モーターボートが何十となく色とりどりにつながれているのがきれいだ。白夜の街に出て、アシュレというアーケード下の喫茶店に入る。雪の多い国のせいか、やたらにアーケードの多い国だ。シャワーを浴びて寝る。

○一九六五年六月二十二日

トゥルクの街はやはりヘルシンキより格調が高い。広場に面して正面の坂の突き当りに古いお城のようなアートミュージアムが書き割りのようにそびえている。

オーソドックスな教会前の広場に面して、モダンな建物の二階に飛びきりシックなカフェがあった。セルフサービスというビジネスライクなスタイルが、この店では逆に魅力のひとつになっている。ロココ調の長いテーブルの上に花と、円形のコーヒーカップが並んでいて、氷水のビンと角砂糖のお盆がある。テーブルの右隅に赤銅のケトルがアルコールランプの上に乗っている。カッサで金を払った客は、そのテーブルの上のカップに優雅にコーヒーをつぎ、お盆にのせて、各自の席へはこぶというシステム。客層もぐっとハイソサイェティムードだが、この店の下の池のある広場がハイティーンのたまり場で真上から見下ろせるから面白い。チンピラは世界各国共通だ。歩き方ととんがり靴ですぐわかる。ハイティーン、セーター姿の青年たち、そして、ネクタイをしめた中年男たちが、三々五々、ただ何となくたまって、明るい夜の街を眺めながらうろついているのは奇妙な光景だ。

街には、バーはないし、キャバレーもなし、映画を見るか、こんな具合にうろつくしかないのだろう。ミスタア・ロバーツ、ヒッチコックの映画、西部劇のシャイアン、サーカス、などどれも、日本でずい分まえに見た映画ばかり。いずれもアメリカもの。夜、八時頃から街へ出る。ぶらぶら歩いていると、スクーターに乗ったハイティーンがヨウとか何とか声をかけて来た。若い連中の集まるカフェへ連れて行け、というと、OKと、案内してくれる。二階はレストラン（ナイトクラブ式）

になっている。ヨールマというサクソホン・プレイヤーの友達ともう一人若いのを連れて来て、一緒にコーヒーを飲みしゃべる。彼の名はポムバー。少々アルコールが入っているらしい。十一時の閉店で追い出され夜の街を歩く。日本へ来いというと、アイ・ハブ・ノー・マネー、アイ・アム・プアー！　と手をひろげる。フィンランドはプアーな国だ、としきりに言っていた。おまえの国は豊富な品物があり、立派な建物もある、車も多い、みんな良い服を着てるじゃないか、と言ったら、でも、プアーだ、と彼は言ってきかない。それはそうかも知れない。街中アメリカの出店みたいな国だ。明日会おうかと言ったら、明日は仕事があると手をひろげた。共同便所の前で別れる。十一時半。まだ明るい河岸を歩いてホテルに帰り、シャワーをあびて寝る。明日はストックホルムへ向けて船で出るのだ。

○一九六五年六月二十三日

スウェーデン語で「オーヴォ」と言う。トゥルクのことだ。ここのスチューデントハウスは、実に気持ちがよかった。料金も規定通り。サービス料、チップもなし。K青年は今日も例のフィンランド娘とデイトらしい。

午後、アートミュージアム、広場のあたりを写真に撮り、例のクラシックなカフェに行くと、奥の席に、K青年と娘が肩を並べてむつまじく座っていた。一緒に少し喋《しゃべ》る。よく笑う子で、イエース、と言う時に息を吹き込みながら尻上りに発音する。北欧人の特徴だ。

服装のセンスも悪くないし、お茶目な面白い娘。

彼氏はいるらしいが、日本人とデイトするという体験がめずらしいらしく、内緒で出て来たのかもしれない。

僕が結婚しているのに、何故マリッジリングをしていないのかと、不思議そうである。

店の隅に座った。落ち着いた若いマダムに頼んで写真を撮らせてもらう。

四時に彼らと別れ、四時半に橋のそばのベンチで玲子と会い、ホテルへ。荷物をまとめタクシーで港へ出る。

税関の検査もなく、簡単に乗船。

港には数十人位の見送り人が、鮮やかな国旗の下で色とりどりの服で見上げている。デッキから見ると、トゥルク・カテドラル、オールド・キャッスルが晴れた空に遠くくっきりと見えて、この古い街を去り難い思いにかられる。隣りの女の子が、恋人と別れるところらしく、じっと桟橋をみつめ、涙ぐんでいる。相手の青年は、黒いコウモリを両手でキチンと横にもって直立不動で、時たま指をこっそり振って合図している。フィンランドの若者とスウェーデンの娘のしばしの別れというところか。海は瀬戸内海よりも更に静かで、爽やかな航海。キャビンは十五マルク高かっただけに、ツインの窓のある良い席。

夜、カフェテリアでコーヒーとミルクを飲み、前に座ったフィンランド女性と喋る。人生に疲れた女といった感じが、どこかなげやりな言動にちらつくが、しっかりした人。ボーイフレンドがロンドンにいるのでそこへ行く、というのだが、決して、そんな幸せそうなムードではなく、何かひどく精神的に疲れているようだ。ユーゴスラビヤにも居たことがある、といっていた。何か、戦時中の難民の一人のような印象をうけた。三十位と思っていたら、十八だというのにたまげる。十時過ぎても海は明るく、実に美しいヴォイッジだ、と女が言う。キャビンへ帰って、下段のベッドで少し本を読んで寝る。

○一九六五年六月二十四日

朝、ストックホルム港着。税関の検査も何もない。税関吏はニコニコしながら、われわれの荷物を眺めているだけ。地元の青年らしいのが、たまたま、呼ばれて調べられていた。船内でアル中みたいなオッサンと一緒になる。ポケットにウィスキーのビンを入れて、アイ・アム・ジプシーなどと言っている。玲子に洗濯板ほどの大きなチョコレートを買ってくれた。四人で乗合い、タクシーで中央駅へ。何だか薄汚れた上野駅みたいな所だ。イタリア人や、その他雑多な連中が目立つ。ホテル・セントラーレンで紹介された、ホテル・ドゥムスへタクシーで。ふだんは学生の合宿所だというが、実に堂々たるベージュ色レンガの大きなホテル。三十九クローネというのは安くない。その代わり、トイレ、シャワーが部屋についていて、モダンなグリル、レストラン、読書室、など、設備は実に立派だ。ホテル・セントラーレンで、若い日本人に会った。京大の学生で、ストックホルムで働いているという。午後六時に会う約束をし、ホテルで少し眠って、約束のコンサートホール前の広場へタクシーをとばす。ヘルシンキは白都といわれるのもうなずけるモダンな近代都市だったが、ここは、如何にもヨーロッパ的な古い街だ。ノーベル賞の授賞式に使われるというコンサートホールの前の階段は、ストックホルムのみゆき族のたまり場らしい。USアーミイのオリーヴ色のコートをはおり、長髪黒装の少年少女たちが、中世の乞食群のようにむらがり集まっているのは壮観だ。

鳥井君というその学生は、他に三人の仲間をつれて来ていた。

バイカル号で一緒だった、ロンドンへの留学生。パリで絵の勉強をしていて、働きながら北上して来たという加賀見氏。ニューヨークのインスティチュートの写真学生で、グリニッジビレッジに住んでいたという平山君。鳥井君はアフリカをはじめ、ドイツ、イタリア、などヨーロッパ各地をまたにかけてヒッチって来た猛者《もさ》だ。加賀見氏と共にこのストックホルムで働いているという。レストランの皿洗いだが、月に六十ドルは楽に残せる由。レイバーパーミッションをとれば百ドル以上残るという。ここで貯めて、又、他へ廻るのだそうだ。平山君は二十三歳の美青年。一寸女性的だが、これまた勇敢な男だ。コーヒーと軽食をおごり、帰途、旧市街の秘密クラブ、ジャンバラヤへ寄り解散。

○一九六五年六月二十五日

朝、十時過ぎに起きる。北欧にはめずらしく晴れた日だ。十二時に平山君とコンサートホール前で待合わせていたので、タクシーを拾って急ぐ。四クローネとチップ十パーセント。基本料金は二クローネからららしい。ベンツや米車を使ってるとはいうものの、割高のタクシーだ。コンサートホール前に平山君、鳥井君が先に来て、街のハイティーンビートルズ連中と並んで階段に腰を下ろしていた。

ストックホルムの少年少女たちの内、非行少年とまでいかずとも例のスチリャーギどもが、実にユニークに目立つ。アメリカ軍の野戦用の上コートの背中に落書きしたものをはおり、一寸ラッパ気味のジーンパンツ。男たちが、ふさふさしたオカッパ頭で、一寸見には性別の判断に苦しむ。これも野戦用の雑のう様の袋を肩から下げ、一見、昔の物乞いか、浮浪者のたぐいを思わせるスタイル。ただ、バラ色のほおと陽に輝く金髪が、連中を薄汚なさからすくっていて、何かおとぎ話の中の子供たちのような無邪気さを感じさせるのが楽しい。陽の当る階段(ノーベル賞の授賞式が行われる建物の)に寝そべったり、ギターをひいたり、鳥の群れのようにさっと立ち去ったり、ハダシの女の子などもいて、見ていてあきない風景だ。広場の市場でさくらんぼを袋に入れて買ってきてかじりながら、女の子の品定めをしたり、カメラで隠し撮りをしたりして二時頃まで時を過ごす。

黒ずくめの一寸良い女の子が来たので、平山君はニコンをかまえて、撮っている。こちらも後ろから二、三枚狙ってみた。

広場からアーケードのあるにぎやかな通りへ出て、簡易レストランで食事。ソーセージ二本に、こんがりと黄金色に揚げられたジャガイモのサラを取り、レタスをそえて、四クローネ。

ジャガイモが実にうまい。テクって鳥井君の下宿に押しかける。古い建物の三階で、あまり合理的ではないけど、一見ロココ調の飾りのついた古めかしいロマンチックな部屋だ。平山君も玲子も一せいにうらやましがる。ベッド二つに一応の家具がついて、二人で二百四十クローネ（二万六千八百円）。一人当り八千四百円という家賃。鳥井君が、現在、市内のレストランで働いて、一日七時間半、週六日で、一週百四十クローネほど取っている由。食事は店で済ますから、月に六十ドルは楽にたまるという話。彼は朝の十一時から七時まで。職工になって、簡単なオートメ作業をやって、一日八時間で、月に百八十ドルためた日本人学生もいるそうだ。平山君も玲子も、ストックホルムで働きたいと言い出した。収入から二十パーセントを引かれるが、その代わり、病気でもした場合は完全無料。外国人でも、税金さえ払えば充分な社会保障がされるといううらやましい国だ。

平山君はアメリカで歯を一本抜き、百ドルだった由。しかも、アメリカでは、歯を一本抜くために全身麻酔をかけるという。

アフリカから北上した鳥井君、アメリカのグリニッジビレッジから大西洋をわたって来た平山君、それにシベリア大陸をこえて来たわれわれ三者の間で、結局日本は貧しいということで意見が一致。

イタリアの人間は最低、ドイツは不親切、アメリカは冷たい、イギリスは昨日の国、ロシアはうるさいが人間的、とこんな所が大方の意見。

鳥井君の作ってくれたエースコックのワンタンメンを食って、スカンセンへ。今日からミッドナイトサマーのお祭りが三日間行われる。

スカンセンの植物博物館は出雲大社を思わせる。チボリはどこも同じ。十二時頃になって、十五、六のハイティーンのグループと親しくなって一緒に帰る。クリスチーナとか、イングリッドとか、よくある名前だ。十四、五で煙草をスパスパ吹かし、メイキャップもうまくやってるあたり、どうも、北欧のティーンズはわからない感じ。別れ際に鳥井君が、ほっぺたにキスをしたらキャッキャッと笑い転げて、帰って行った。トンネルバール(地下鉄)で帰るという。トンネルバールは夜中の二時まで動いているらしい。

一たん鳥井君の部屋へ寄りタクシーでドゥムスへ。五クローネ、チップ、五十五オーレ。二時というのに、もう夜明けだ。

○一九六五年六月二十六日

ストックホルムは北欧のパリと言うだけあって、なかなか粋な街だ。女も確かに美人が多い。ピンクが実によく似合うのは日本人の娘たちにとってうらやましい位だろう。

市の中心部は、コンサートホールとＰＵＢデパートの横を通るクングスガッテンと、Ｔ字にまじわる高層ビルの五本の柱の下の通り。セルゲル通りという。両側が商店で、カフェ・セルゲルという学生達の集まる洒落た店がある。フィンランドとちがうのは、本当のカフェのないこと。セルフサービスの軽食堂みたいな店ばかりで、全部八時には閉じてしまう。

物価はひどく高い。煙草が四クローネ（二百八十円）。コーヒーは、まあまあ日本と同じだが、オープンサンドのようなものや、ケーキがべらぼうに高い。ここではフライドポテトを食うに限る。

街を歩きながら食ってる奴もいて、これはなかなか旨い。フィンランドほど、日本人をめずらしがらないのは、イタリアや南欧から、各種のチープレイバーが流れこんで来ているためだろう。

夜、スカンセンのチボリへ平山、鳥井君らと行く。

野外ダンス場では、二曲ごとに追い出され、その度に又、切符を買って入って踊る仕組み。ダンス・インという贅沢なクラブもある。

スロットルマシーンをやるが、全然はいらない。黒人のショーがあり、ベースだけの伴奏で、語りもののバラードを歌って人気をあつめていた。

この都市の連中も、アメリカに対して一種の憧れをもっているようだ。ハイティーンの女の子たちとたわいもないお喋りをする。煙草をスパスパふかし、ルージュをぬっているので一人前の娘かと思っていたら十五歳というのには驚いた。

名前を聞くと、一人はイングリッド、という。その中の一人が、十二時の鐘で飛び上がって、私の誕生日！　十五になったわ、と大騒ぎ。皆で、ハッピーバースディ！　と握手をしてやる。スカンセンの木立の中を、スウェーデンの少女たちとゾロゾロ歩いて帰る。別れ際に鳥井君が、一人のほっぺたにキスをしたらキャアと笑って駆け出して行った。

二人ともドゥムスホテルへ来て、シャワーを浴び、いろいろ喋って帰る。平山君は、ユースホステルに泊まっている。今日はミッドサマーで、門限が十二時とか言っていた。

○一九六五年六月二十七日

ドゥムスホテルは二泊の予約だったので午前中に荷物をまとめる。旧市街のベンリガガッタン横丁のホテル・イグナチウスという面白い安ホテルを昨夜決めておいたので、そこへタクシーで廻る。一日三十二クローネの約束。通りに面した古風な部屋。テーブルや椅子もちゃんとしていて、壁に絵などかかっている。湯は出ないし、トイレは遠いが、何よりも、パリの裏町のホテルみたいな、庶民的なムード満点の宿だ。階下は土産物店で、丁度、われわれの部屋の窓の下に二つの木馬がかかっていて、アメリカ人の観光客など必ずカメラを向けて行く風情のある所だ。例のクラブ、ジャンバラヤはこの隣りの横丁のトンネルの陰にある。案内書によると、じめじめして日の当らない、余りすすめかねる場所、とある。

○一九六五年六月二十八日

ストックホルムは一日三度、雨が必ず降る街だ。通り雨だが、われわれには、どうも有り難くない。こっちの連中は雨を気にせずゆっくり歩いている。街中の店が、REAという看板とポスターで埋まっている。レアリジェイション、原価特売というわけだ。七月から夏の休みに入るので、在庫一掃ということらしい。REAといっても、必ずしも安くはないが、それでも、半値位に値下げしているものもある。玲子は黒いトックリのセーターを十九クローネで買った。夜、平山、鳥井両君と中央駅地下のレストランで食っていると望月という慶応の学生と会う。やはり、この街で働いているそうだ。日本に居た時から、旅行はきたえにきたえたような口調だが、何となく甘い感じ。もう一つの秘密クラブの常連らしい。最後は英国へ行くという。

○一九六五年六月二十九日

大安売りをあちこちあさって見るが、余りめぼしいものはない。

今日、コンサートホールの前で鳥井君と、その仲間の広瀬君という慶応の学生と会う。広瀬君というのは、少年っぽいがなかなか骨のある学生。インドのボンベイまで五万円で来て、後はここまで全額八万円、五カ月かけて来たという。やはりレストランで働いて、夜は郊外のキャンプ場にもう一カ月以上も泊まっているとか。雨が降ると地面がぬれるが、一日、一・五クローネだから文句も言えないと笑う。タフな男だ。政治学専攻の二十三歳。外国放浪も、長くて一年半ですね、という。ここで金を貯めて、アメリカまで渡ってみたいと言っていた。礼儀正しい感じのいい若者だ。

やはり彼も、クラブの常連らしい。ただしストックホルムの女の子は、明日の約束はほとんど守らないという。今日があるだけ、というわけですと彼は笑っていた。美人は多いがハートはダメなんだそうだ。

夜、駅近くのレストランで喋っている時、一寸、口をきいた男女のグループが、車でスタートしながら指でさそっている。加賀見氏が猛然と飛び出して車に乗り、そのまま消えてしまった。

こうして私はフィンランドからスウェーデン、そしてノルウェー、デンマークと、はじめてのスカンジナヴィア諸国を列車とバスと船で回遊した。そこからいくつもの作品のモチーフをえたことを考えると、自分にとって貴重な旅だったと改めて思えてくる。

フィンランド人がみずからの国を呼ぶとき〈スオミ〉ということも、ヘルシンキではじめて知った。カレワラという民族的叙事詩のことも、ロシアとスウェーデンの二大強国の間にあって苦難の歴史を担ってきたことも、ローレンス・ダレルの『アレクサンドリア・カルテット』の翻訳がいち早く出版されるほど読書好きな国民であることも、アイノという女性の名前が多いことも、すべてフィンランドに着いてから教えられたことばかりである。

トゥルクでは、夏休み中だけホテルに変る大学の寄宿舎に泊まった。その後、ヘルシンキへは何度もいったが、トゥルクを訪れたことはない。あまりにも感動した場所を再訪することは、すこぶる危険な行為だと思う。たとえその場所がそっくり昔のままであったとしても、再訪するこちら側が変ってしまっているからだ。はじめての北欧、そして無名の一貧乏旅行者だったからこそ、そのとき見えたものがあったにちがいない。なにを眺めても、誰に会っても、心臓がエイトビートで踊りだすような時期は、人間にそう長くはあたえられていないのである。

トゥルクからは船でストックホルムへ渡っている。白夜のバルト海の波を眺めながら、自分はこのあとどう生きていくのだろう、と考えた。とりあえず今度のこの旅行のことはぜひ書きたい、と思った。作家として自立できるかどうかは問題ではなかった。もし発表する機会にめぐまれなかったときは、何百部かの小冊子を自費で出版して、友人や昔の仲間に配ろう。それで十分なような気もした。

帰国したあとは東京を離れて、金沢にでも住むつもりだった。金沢は、その年に結婚したばかりの、妻というより配偶者といったほうがなぜかしっくりくるパートナーの故郷だったが、私には眠ったようなそのけだるい街の空気がとても好ましく思われた。マスコミの底辺を駆け回る生活に精神的に疲れ、肉体的にも肺の異常を意識していた私には、たぶん休息が必要だったのだろうと思う。

食っていくだけなら、どこにいてでも心配はなかった。上京してしばらくは、穴八幡神社の床下で暮らした身ではないか。古本屋を開業してでも、タウン誌をやってでも、生活していくだけならなんとかなるだろう。夜の海を眺めながら、そんなことを考えた。

北欧の旅でも、ソ連におとらず感動的な事件にいくつも出会った。オスロではムンクと再会したし、コペンハーゲンではディートリッヒのステージをはじめて見た。なにに接しても胸が震えたし、なにを聴いても新鮮だった。

いまにして思えば、あのみじかいソ連・北欧の旅は、私の一生を支配する運命の旅だったような気がする。

オスロのフログネル公園でヴィーゲランの彫刻をはじめて目にしたとき、これは前に見たことがある、と、ふと感じた。生まれ、出会い、老いて、死んでゆく人間の群像が、私に忘れかけていた外地での敗戦と引き揚げの日々を、不意に思いおこさせたからだった。

〈こんなことは、ぜんぶ知っている。おれはヴィーゲランなんかには驚かないぞ。人間の世界なんてものは、こんなもんじゃない。だが、しかし――〉

ムンク美術館で見た〈叫び〉の赤い空が、公園の上にひろがっていた。帰ったらあの眠ったような金沢に住むんだ、と私は思った。

北陸の雪のなかで

1

一九六五年の夏の終り、ロシア・北欧の旅から帰ってくると、まもなく金沢での生活がはじまった。その頃のことは、これまでに何度も書いている。

いまはもうなくなってしまった旧金沢刑務所の、すぐ裏手に住んだのだ。そのアパートの二階の部屋からは、夜でも医王山《いおうぜん》という山がよく見えた。明け方には刑務所の塀のむこうから、奇妙な音がきこえてきた。潮騒《しおざい》のようでもあり、鬨《とき》の声のようにもきこえるその音をききながら、私はいつも夜明けに布団にもぐり込むのである。

夜通しずっと起きていて小説を書く習慣は、たぶんその頃に身についたものだろう。コクヨの原稿用紙のマス目を一字一字うずめながら、私は毎晩、モスクワで会った少年のことを考えていた。そばかすだらけの不良少年ミーシャ。彼との出会いは、まったくの偶然だった。しかし、私にはそれが単なる偶然とは考えられなかった。おかしな話だが、彼は私に小説を書かせるために出現した登場人物のように感じられたのだ。おれのことをちゃんと書いてくれよ、と、彼が言っているような気がしてならなかったのである。

小説のタイトルは、きまっていた。ロシアから友人に書き送ったとおり、『さらばモスクワ愚連隊』にする。なんとも妙な題名だが、たぶん頭のどこかにチャンドラーの小説のことが刻みこまれていたのだろう。私が好きだったその作品のタイトルは『フェアウェル・マイ・ラヴリイ』、『さらば愛《いと》しき女《ひと》よ』とかいう邦題だったはずだ。

原稿を書くかたわら、古本屋や、金沢大学の図書館や、いろんな場所で活字をあさって回った。昭和一〇年代の「改造」や「セルパン」などを通じて、一九三〇年代という奇妙な時代へのめりこんでいったのも、その頃である。
のちに（一九七一年・昭和四六年）日本読書新聞の十一月八日付号でインタヴューを受けたとき、私は三〇年代へのこだわりをこんなふうにしゃべっている。少し長くなるが、その一部を引用してみよう。

《――そのころ五木さんが関心を持たれたというのは、例えば日本ではどういう人たちのものですか。

五木　ぼくが学生時代に強い影響をうけたのはやはり近代文学派の批評家たちと、その後の「美術批評」のグループの仕事がありますね。ぼくはロシア文学に関しては、専門の露文学者や本家ソ連の批評家たちの解説よりも、埴谷雄高、荒正人といった人たちの物の見方、考え方に触発された面が多かった。それから自分の運動といいますか、制作上のプログラムや方法論の面では、花田（清輝）さんです。その外では、これは最近の林達夫著作集の研究ノートに短い文章を書きましたが、林達夫、中井正一といった人たちの文章に、いわゆる教養主義的でも学習活動的でもない、現実的な影響を受けました。

坂口安吾のことも、以前はよく書きましたけど、「ファルスについて」とか「ドストエフスキイとバルザック」とか、「枯淡の風格を排す」とか、こいつは面白いと思った文章は、後で調べてみますと、ほとんど三〇年代末のものですね。花田さんのエッセイにしても、「錯乱の論理」つまり「自明の理」ですが、ぼくが一番びっくりした仕事は昭和一五年に「文化組織」に発表されたものですから、実際に構想されつつあった時期は、やはり三〇年代後期と考えていいと思います。(中略) まあ、こんな昔話ばかりしても仕方がないけど、そのほかに小説家としての夢野久作、橘外男《たちばなそとお》、小栗虫太郎などの三〇年代作家に猛烈に惹かれた。夢野久作がマスコミ作家としての頂点で討ち死にしたのが一九三六年、つまり人民戦線とスペイン内戦の年です。彼らの少し前の、いわゆる大衆文芸の人たち、つまり吉川英治とか白井喬二とかいった系列の小説家たちと夢野久作たちが截然《せつぜん》と違うのは、やはり後者がインターナショナルな三〇年代の政治的・文化的な転換期の血脈を引いているということでしょうね。で、ぼくがどうしてそんな自分の、まあいわば、カワタレ時代に戦後文学や当時流行の小説のほうへ関心を持たずに古本あさりなどしてたのか、考えてみますと、やはり少しひがんでたのかも知れません。マスコミとも言えないような底辺の業界で、まあいわば非合法すれすれのオドシみたいなことをして、ようやく月給稼いでいた頃ですから。実際、ボーナスなんて出る会社の組合の連中なんか、みんな呪い殺してやりたい感じで。(笑)

——その頃から三〇年代という具体的なイメージが五木さんの内部に形をなしてきたわけだと思いますが、そこから出発してスペイン戦争に興味を持ち出されたのは、どういうわけですか。

五木　それはそれまでの生活を清算して、金沢へ引っこんでからなんです。古雑誌に熱中してますと、やはり三〇年代の雑誌がとても面白い。「セルパン」や「新青年」などは有名ですが、「改造」や「中央公論」などもとても活気があった。一九三〇年代はフランスでもいわゆるミニコミが大量に出現した時期だそうですね。ぼくはオーデンやスペンダーや、エレンブルグ、トリスタン・ツァーラなどといった有名な詩人、作家としての彼らの仕事のほうは良く知らないままに、むしろ優れたルポ・ライターのような印象で彼らを古雑誌のページのなかに見出したわけです。ぼくはそれまで（三〇年代の）社会や経済についての基礎知識はほとんどありませんでしたが、一九三六年秋の「中央公論」にのったヴァルガの「革命スペインの基本的分析」などという論文を読んでとても面白かった。それからぼつぼつ単行本のほうも読み出したわけです。オーウェルとか、シモーヌ・ヴェーユですね。また一方ではウォルター・リップマンなどがシニックな論文を書いているかと思えば、マックス・ブローマン（どういう人かよく知りませんが）などは「青年よスペインへ行くな」といった文章を書いたりしています。その辺から、ぼくの視野に人民戦線といったものの動きやアナーキズムとコミュニズムの主題が見えてくるようになったわけです。アナーキストは「スペイン内戦」とは言わない。彼らにとっては「スペイン革命」なのですね。しかし、これは「革命」と言い切れないものも、またあるような気がして仕方がなかった。(後略)》

このインタヴューは、私がデビューしてすでに五年ほどたった時期のものである。この後に一九六八年のパリの、いわゆる〈五月革命〉をめぐっての感想とか、いろいろ続くのだが、それにしても今あらためて読み返してみると、六〇年代末から七〇年代の時代相がかなり色濃く行間に漂っているのを感ぜざるをえない。本人が生意気なだけでなく、時代がそういうトンガった時代だったのだ。

もちろん、そんなことばかり考えて暮らしていたわけではなかった。なんといっても、まだスペイン内戦など、一部の人間しか関心をもたなかった時期だけに、議論をする相手もなく、文章を書く場ももたず、ひどく孤立した気分で過ごしていたのだ。

古い仲間の紹介で、東京の美容関係の雑誌に連載エッセイを書いていたのも、その頃のことである。たしか「みわく」とかいう雑誌だったと思うが、そこにスペイン内戦の話などを書いては担当編集者の眉をひそめさせたものだった。場ちがいというなら、これほど場ちがいな文章もめずらしいだろう。

レコード会社との専属契約は、その当時もまだ残っていた。NHKにいた友人も、金沢までときどき仕事を回してくれた。その年の四月に結婚した彼女は福井病院に新米の精神科医として勤めはじめていたし、物価の安い地方のことだったから、つつましくやっていればなんとか暮らしていくことはできた。

一日の小遣い三十円、ときめていたのもその頃のことである。三十円というのは、当時でもほとんど遣い出のない金額だった。私は毎日、日課のように金沢の街に散歩に出かけたが、三十円ではバスとか電車とかに乗るわけにもいかない。晴れた日には下駄で、雨や雪の日にはゴム長をはいて、歩いて繁華街まで出かけるのが運動をかねた気分転換だったのだ。

私の住んでいたアパートは、兼六園につづく小立野《こだつの》台地のはずれのほうにあった。そこからいろんなコースを研究して香林坊へ出る。古い城下町だから、あちこちに不思議な抜け道がある。迷路のようなせまい路地を歩いていると、本当に植込みのむこうから謡《うたい》の声がきこえてきて、思わず笑いだしたことがあった。百万石の城下町、お茶、謡曲、と、あまりにも観光パンフレットの記事そのままの情景が目の前に出現したためである。

旧制四高の赤煉瓦の建物の前を通り過ぎると、書店がいくつか見えてくる。福音館、北斗書房、そして北国書林、堂々とそびえているのは宇都宮書房の建物である。順番に一軒ずつ立寄って、それから古本屋に回っていく。

コーヒーを飲むには予算が足りなかった。四、五日がまんして、やっと喫茶店のドアを押すことになる。その頃ときどき出かけた店に〈蜂の巣〉という喫茶店があった。喫茶店というより、夜はバーで昼の空き時間にコーヒーも出しているといった、こぢんまりした店である。その店に自分の好きなレコードをもちこんで、かけてもらう。それを聴きながら雑誌や本を読んだ。コーヒー一杯でねばられても、全然いやな顔もせずにそっとしておいてくれたのは、やはり金沢という古い街の懐の深さだろうか。

その懐の深さに甘えて、いつも同じレコードを持参してはかけてもらった。私の当時のアイドルは、ジョーン・バエズだった。もう三十年も昔のことだから、まるで聖少女のようなジョーン・バエズの時代である。

〈花はどこへいった〉と、〈ブラジル風バッハのアリア〉を、くり返し聴く。〈花はどこへいった〉のほうは、ピート・シーガーが、ショーロホフの『静かなドン』を読んで感動して作った歌だという。私にロシア語を手ほどきしてくださった横田瑞穂先生が訳された『静かなドン』は、ソ連崩壊後のいま読むと、なおさら感慨が深い。最近、ロシアでは『静かなドン』をめぐって、いろんな騒ぎが起きているようだ。盗作問題の真偽は私にはわからないが、『静かなドン』が読む人を感動させることには変りはない。のちに〈花はどこへいった〉が、ケネディの暗殺と結びつけられてテレビなどでうたわれるのを聞くと、不思議な気がした。

〈ブラジル風バッハのアリア〉は、例の〈イパネマの娘〉のヴィラ・ローボスの曲である。私がはじめてブラジルを訪れたとき、ガイドに頼んでヴィラ・ローボスにゆかりのある場所を片っぱしから回って歩いたのは、そんな金沢時代の思い出のせいだった。

また、ビリー・ホリデイの歌も、よく聴いた。書きだしている小説の中で、〈ストレインジ・フルーツ〉を使うことにきめていたので、他人のような気がしなかった。

そんなふうにして午後の時間をつぶし、また歩いてアパートへもどる。帰り道に今川焼きを買ったり、大学病院前の貸本屋さんに寄ったりして、散歩が終る。金はなかったが、自由につかえる時間だけはたっぷりあった。そんな時代のことを懐かしく思うことがある。しかし、どういうわけか、後もどりして、もう一度その頃に帰りたいとは思わない。

後がなければないなりに、やはり今のほうが生き甲斐《がい》があるような気がしてならないのだ。

さて、そんな日々の間にも小説は少しずつまとまりはじめていた。私の場合、書き出すまでにえらく時間がかかるのだが、いったんスタートしてしまえば後はおそいほうではない。そのかわり、今も昔も、最初の一ページだけは何十枚も原稿用紙を無駄にしてしまうことになる。

書き出した小説は『さらばモスクワ愚連隊』と、題名だけはきまっていた。だが、どうも導入部が気に入らなかった。最初は主人公が昔の友人と再会するところから書きはじめたのだ。しかし途中からなぜか筆がすすまなくなってきたのである。やはり最初の出だしの部分がまちがっていたのだろう。そこで、再び仕切り直しをして、冒頭の文章にとりかかった。

3Bの鉛筆を使って、消しゴムで消したり、書き込みを入れたりする。字体はフラットな四角い字を使うことにした。

変な話だが、私は自分の字体というものを持っていない。時に応じていろんな字を書くのである。大別すると三種にわかれる。右上り、フラット、右下り、という三つだ。頭が混乱すると、その三種類の字体が入り乱れて、なんとも奇妙な文字になってしまう。

なぜそんなおかしな字を書くかといえば、決まった字体だと手が疲れるからだ。二十代の終り頃に〈頸肩腕症候群〉という症状が出たことがあった。手首の使いすぎで、どうやら首の骨がずれたらしいのだ。右手だけを使うということが、もともと不自然なのだろう。ライター時代から指と手首に妙な疲労を感じていた。右手に力を入れて字を書くと、どうしても首が左へかしいでしまうのである。

そんな仕事のしすぎで、むち打ち症と似たような不具合が出るようになってきた。偏頭痛、吐き気、目まい、などが予告なしに訪れてくる。

我流でいろいろ研究したあげく、字の書きかたを多様化することにした。一時間は右上りの字、次の一時間はフラットな文字、残りは右下り、というように組み合わせて使う。そうすると、たしかに手首の疲れかたがちがう。気分転換にもなる。雑文は右上り、小説はフラット、手紙や日記は右下り、などと使い分けているうちに、いつのまにか〈頸肩腕症候群〉のほうもおさまってきたから不思議である。

そんなふうにして、毎日すこしずつ原稿を書くかたわら、どういう形でこの小説を活字にしようかと迷っていた。最初は自費出版でもいいかな、と考えていたのだ。当時のことだからワープロなどという便利なものはない。まあ、ガリ版印刷のパンフレットにでもするか、とひそかに費用を計算したりしていた。

書いた以上、やはり誰かに読んでもらいたいと思う。いや、自分がモスクワで見て、感じたことを、どうにかして他人に伝えたいという気持ちのほうが先行していた。物言わぬは確かに腹ふくるることである。何かを言わずにはいられない気持ちが喉元までこみあげてきて苦しいほどだった。ソ連について、社会主義について、ロシア人について、日本人について、そして自分とこの時代について、人間について、さまざまな物言いたい気持ちが体じゅうにつまって、ぶつぶつ泡立っていたのだ。

形式はどうでもよかった。ルポルタージュでも、エッセイでも、小説でも、芝居でもいい。だが、自分にとって一番やりやすいのは、とりあえず小説の形でそれを言うことのようだった。映画には金がかかるし、芝居は上演されなければ意味がない。

いま思い出してみると、小説を書こうときめる前に、小田実ふうの体験旅行記を書こうと企てたことがある。ロシア・北欧の旅から帰国した直後のことだ。往時の大ベストセラーだった『何でも見てやろう』のスタイルに、とても心惹かれていたからである。

しかし、二、三十枚書いたところで、その計画は投げ出してしまった。小田実ふう、の本は書けても、しょせん二番せんじに過ぎない。それに、どんなに真似をしようと頑張っても、小田実のようには書けない。人にはそれぞれのタチというものがあるのである。

石原慎太郎のようにも書けないし、高橋和巳のようにも書けない。大江健三郎のようにも、井上光晴のようにも、松本清張のようにも書けない自分というものが、誰にでもあるものなのだ。そのことに気づくと、あとは自分勝手にやるしかなかった。問題はどうしてそれを人に読んでもらうかだ。

書店でいろんな雑誌を見てみると、新人賞の告知がやたらと目についた。なるほど、こういう方法もあるんだな、と、目の前が急にひらけたような気がした。コンクールでなくても、投稿という手もありそうだ。「文學界」や、「新潮」や、「群像」などの文芸雑誌は、ちょっとちがう気がした。「新日本文学」や「中央公論」でもないと思う。そもそもカッコつきの〈文学〉という制度を否定するところからパンフレット運動をはじめた大学時代のいきさつもある。

私たちが最初に出したのは、いわゆる同人誌とは全く雰囲気のちがうパンフレットだった。三〇年代に京都でだされていたミニコミがイメージの中にあったのだ。最初は〈芸術機関〉、そして結局は〈月報・現代芸術〉という名前に落ち着いたそのパンフレットは、いわば私たちの仲間の初心であったと言っていい。私はその月報に、サドと、毛沢東と、トルストイについて短い文章を書いている。いずれも舌っ足らずな青くさい雑文だが、立場は一貫していた。三者を否定的媒介として近代批判、前衛批判を試みる、というのが狙いだった。私にとってのアヴァンギャルドとは、〈通俗〉ということに徹底する試みだったと言っていい。〈通俗〉ではまだ物足りない。俗に徹する、いわば〈徹俗《てつぞく》〉こそが目標だった。ミイラとりはミイラになるべきだ、というのが私の年来の持論だった。ミイラになることを恐れて、どうして未知の世界に踏みこむことができるだろう。谷譲次《たにじょうじ》も、ダシール・ハメットも、ボリス・ヴィアンも、見事ミイラになった連中である。

スペイン内戦に興味をもつかたわらで読んだオルテガ・イ・ガセットの大衆論が、私にはとても刺戟的だった。当時の私は彼が忌み嫌う下品な大衆社会こそ、もっとも興味ぶかい反近代の処女地のように思われたのである。

中間小説誌と呼ばれる読物雑誌が、妙に活気があった時代だったことは前に書いた。たとえば「小説現代」だが、これはまさしく中間的な小説誌だったと思う。かつての「講談倶楽部」と、同じ出版社が出している「群像」との中間にあるのが当時の「小説現代」だったと言っていい。ほかに老舗の「オール讀物」と、「小説新潮」があって、どうやらこの三誌が御三家と呼ばれているらしい。川端康成の『雪国』の最後のほうは「小説新潮」に掲載されたと聞いていたし、学生時代に舟橋聖一の芸者夏子ものを盗み読みしたのも「小説新潮」だったが、ちょっと何か敷居の高い感じがした。「オール讀物」は成人むきといった雰囲気で、モスクワの不良少年の話は向かないようだった。投稿するにしても、新人賞に応募するにしても、「小説現代」がいちばん適当な気がする。念のために調べてみると、新人賞の選考委員は、北原武夫、田村泰次郎、柴田錬三郎、源氏鶏太、有馬頼義《よりちか》、といった顔ぶれである。いずれも当時の流行作家として高名なだけでなく、どこかに一家言ありそうなクセのある小説家ばかりだった。

応募規定によると、原稿の枚数は四十枚以上八十枚までとなっている。書きかけの作品のほうは、すでに六十枚を越えていた。どう工夫しても百枚ではおさまりそうな感じではない。一応、小説現代新人賞に応募しようと決めた上で、あらためてそれまで書きあげた部分を削りにかかった。

そうこうしているうちに、日本海からの風が冷たくなってきた。暗天の日がつづき、時おり砲声のような遠雷が空を渡ってゆく。北陸地方でブリ起こしといわれる初冬の雷は、能登の沖合いに寒流にのって旨いブリが回遊してくる知らせである。ブリというわけにはいかないが、よくタラの切身を買ってきては、鍋にしたものだ。タラは東京では不当に蔑視される魚だが、新鮮なやつを鍋で食うとこたえられないほど旨い。窓から見える医王山の頂きにも白い雪が積もって、兼六園では雪吊りが風に鳴り、刑務所のほうからは相変らず潮騒のような物音がきこえていた。後になって知ったのだが、それは早朝、徒刑者たちが庭で朝礼をするときの天突き体操の掛け声であったらしい。ごう、ときこえるその音は、一年を通じて私の就寝の合図でもあった。

金沢には二つの川がある。犀川《さいかわ》と浅野川がそれである。犀川のほとりには室生犀星の文学碑があり、そこから対岸を眺めると堂々たる木造の建物が、以前は威圧するような感じで並んでいた。高台のあたりは寺町といって、古い由緒ある寺が軒をつらねている。高名な料亭なども点在して、どことなく格調のある風景だ。川そのものも広々として、澄明な感じである。上流の連山が雪をいただく頃の眺めはすばらしい。河原もひらけており、散歩しながら物を考えるには絶好の場所だろう。

それに対して、浅野川のほうは視界がぎゅっとせばめられている。晴れた日はべっとして、どことなく湿度のたかい暗い表情をもっているようだ。川をはさんで東の花街、主計町《かぞえまち》の検番などがある。小料理屋、旅館、料亭、かつては劇場なども並んでいた。上流から天神橋、梅の橋、大橋、小橋、など風情のある橋がつづく。〈滝の白糸〉の碑なども建っている。

この二つの川の対照が、私には何ともおもしろかった。犀川のほうは武家ふう、浅野川は町家ふう、前者が山の手なら後者は下町といった感じだ。犀川の寺にゆかりのある犀星。そして浅野川べりの町に育った鏡花。寺院の街と芸者衆の町。明と暗、知性と情緒。もちろん、こんなふうに割り切って対照させるのは現実的ではない。しかし、そう見立ててみたい気持ちを二つの川はそそる。さらに調子にのって言わせてもらえば、芸術と芸能、純文学と大衆読物の世界がそこに見えてくる。

山のほうで雨が降ると、ふだん可憐な波の立っている浅野川が不意に増水する。濁った重い流れは、思いがけない激しさを感じさせて速い。底に秘めた不気味さをふっと表すようなこの川の橋を、私はよく夜に渡った。俗にひがしと称される花街への入り組んだ路地が私は好きだった。まるで迷路のように入り組んでいて、ときに思いがけない高低があらわれる。酒屋があり、米屋があり、そして銭湯がある。うだつの上がった低い軒先に、青いつららが鋭く光っていたりする。遠くで笛の音がきこえる時もあった。笛は忍《しの》び音《ね》、といって、この町では灯火を消し、障子の向こう側で吹く。能管ではなく、すこぶる庶民的な篠笛である。〈空笛《そらぶえ》〉とか、〈くずね〉などという曲が季節に応じて選ばれる。太鼓が鳴ると、暗い町が急に華やいだ感じになった。

一日三十円のルンペンの身では、もちろん座敷にあがったりはできない。しかし、ときたま地元の知人に連れられて、そんな町の表情をのぞく機会があった。

主計町の〈ひと葉〉なども、客としてではなく出入りさせてもらった店のひとつである。なんとも風《ふう》のいい美しいおかみさんがいて、玉を転がすような土地の言葉をしゃべった。夏の日の午後、陽やけしたセーラー服の娘さんにかき氷を運んできてもらったこともあった。鏡花の生家は、すぐ近くだった。鍋ものの店、〈太郎〉もその一画にある。かつて日露戦争のころ、ロシア軍の捕虜が大勢この街へ収容されたとき、青年将校のなかには、ひがしや主計町の料亭で芸者衆をあげて遊ぶ者もいたという。そんな昔話をさせたら〈太郎〉のおばあちゃんは無類の雄弁だった。〈滝の白糸〉にゆかりのある浅野川の河原で、往時は水芸や芝居やサーカスや、その他もろもろの芸能がさかんにおこなわれていたという。いまはコンクリートの護岸工事によって河原といってもそれほど広くはないが、かつては東京からきた歌舞伎がかかったこともあるという話だった。

〈太郎〉の鍋料理は、値段がリーズナブルで、実質があるのが取柄だった。百万石ふうの大げさなサービスはなく、あくまで鍋に徹している。能登のカキもうまいし、あんこうやカワハギもいい。カワハギは一名、バクチコキともいう。最後のほうに入れるキビ餅や、なんの変哲もない家庭的な漬物もうれしい。三十年たって、新しい店舗もでき、おばあちゃんも亡くなられたが、古い店のほうの座敷にあがると昔のままだ。ちなみに、太郎というのは、おばあちゃんが若い頃、お座敷に出ていたときの名前だそうである。当時は、金魚さんとか、飛行機さんとか、ずいぶん変った名前の姐さんがたがいたらしい。

2

当時の中間小説雑誌というのは、一体どういう性格のものだったのだろう。今にして思えば、そこにあるのは文字どおり、純文学と娯楽大衆読物との中間、といった恐ろしく単純なジャンル分けだったようにも思われる。

娯楽読物専門の作家がそこに登場するときには、少し気張って書く。反対に純文学作家と見なされている小説家が執筆する場合は、ややくつろいだ感じでリラックスしたものを書く。そこにあるのはあくまで形の上での中間ということであって、身もふたもない言い方をすれば、要するに中途半端というのがその主なる性格だったような気がしないでもない。「新青年」や「セルパン」をその横に並べてみると、中間小説誌のあいまいさが一目瞭然だろう。だが私にはそのあいまいさこそ一つの可能性と感じられた。中間小説誌を新しいマージナル・マガジンと受けとめたのである。

六〇年代以降、オルテガ・イ・ガセットの空想した大衆とはまるでちがった新中間層が出現したとき、新しいカルチュアが登場した。いわゆる対抗文化《カウンター・カルチュア》とか、サブ・カルチュアと称される第三世界の台頭である。それは決して二つの世界の折衷でも、中間でもなかったはずだ。新しい赤ん坊が生まれて、それが成長したとき、それを中間児とは言わない。彼、または彼女は父性と母性の両者の遺伝子を引きつぎながら、そのどちらともちがう独自の存在である。そのことは〈自己〉がきびしく〈非自己〉を区別する免疫の働きを見ることでも納得できるだろう。親と子は、常識とはちがって、きわめてつよい拒絶反応をしめす間柄なのだ。親子間の臓器生体移植が、兄弟姉妹間のそれよりはるかに困難なのは、よく知られているところである。

いまさら野暮な議論を、と思われるかもしれない。しかし、私はかつての中間小説誌の活力が、どうしてこれほど急速に失われたかを考えてみずにはいられないのだ。私が金沢時代に書店の店頭で見た中間小説雑誌には、なにかがあった。その雑誌独自の書き手を求めている熱い雰囲気があった。野球でも、ラグビーでもない、たとえていえばサッカーをプロ・スポーツ化しようという野心のようなものが感じられたのである。「小説現代」には、ことにそれがつよく出ていた。

後からふり返って、あれこれ言うのはやさしい。自分がその渦中にあったときのことも、今なら笑いながら話すこともできる。しかし、私が最初に書いた小説を送ろうと決めたのが「小説現代」だったということは、そうなるべくしてなった、というしかないだろう。探してみれば、そこにあった、という感じなのである。

こうして私は原稿を毎日すこしずつ完成に近づけてゆき、やがて八十枚きっかりでしめくくった。書き込んでゆけば百五十枚にもなっただろう。削れば削ったで五十枚でまとまったかもしれない。しかし、あれは八十枚でなければならなかったのだ、と今は思う。

書きあげた原稿を、きちんと清書した。書き込みや、訂正なども、できるだけ目立たないように書き改めた。いま読み返してみると、やたらと漢字の多い文章のように見える。その原稿を袋に入れ、締切りぎりぎりの日の夜に、金沢城の近くの郵便局に持っていった。ちゃんと編集部に着くかどうかが、ひどく心配だった。アルバイトらしい夜勤の郵便局員の手もとを、私がじっとみつめているので、相手は妙な顔をしていた。

「ちゃんと着きますね」

と、私は念を押すように言った。

「着きますよ」

なにを変なことを聞くのか、といった表情で郵便局員は無愛想に答えた。とにかく一次予選だけは通ってほしいと、夜の街を歩きながら思った。どこかで熱いコーヒーを飲みたい、と思ったが、その時間にはもう開いている店もないようだった。

3

やがて何カ月かして、〈予選発表〉の記事がのっている雑誌が店頭に出た。どきどきしながらページをめくると、見開きでずらりと二次予選を通過した作品名と作者の名前が目に飛びこんできた。中でやや太目の活字で黒く見えるのが、三次予選の通過者らしい。

二ページ目の最後の段に、『さらばモスクワ愚連隊』という文字があった。(金

沢市　五木寛之）と、名前と題名がゴシック文字になっている。思わず雑誌を閉じて、大きなため息をついた。レジで金を払って（定価百五十円だった）二冊買い、何度もそのページを開いては眺め、眺めては閉じしながら旧四高前の道を歩いていった。本当に嬉しかった。

あとで実際に新人賞に決まったときも、また直木賞の受賞のしらせを受けたときも、たしかに嬉しい気持ちはあったが、なんといってもいちばん嬉しかったのは、あの三次予選通過のゴシック文字である。

それからしばらくして、大雪の晩に東京から電話がきた。私たちの部屋には電話はついていなかったので、すぐ近くの大家さんのところから呼出しがきたのだ。早川さんという年配の編集者が、新人賞に決まりました、と少し儀式ばった口調で伝えてくれた。ありがとうございます、と言いながら、もうこれで後はいいなあ、と思ったことを憶えている。自分の書いたものが、他人からちゃんと評価されるなんて希有《けう》なことだ、と、昔からそんな気がしていたのである。だから、これでもういい、これ以上のことは望まない、と、正直そう思ったのだった。

4

それからの暮らしがどんなふうに変ったかといえば、実はほとんど変化らしい変化はなかったのだ。金沢という町は、百万石の城下町という格式の中でずっと何百年も眠りつづけてきたような土地柄だから、読物雑誌の新人賞を取ったぐらいでは、ハナも引っかけてくれないところなのである。

むしろ上京して出版社を訪ねたときのほうが、はるかに歓迎してもらえる感じがあった。「小説現代」の編集部へ顔を出すには、講談社の玄関入口の受付で氏名と訪問先を伝えて、しばらくホールで待たなければならない。落ち着かない気分で坐っていると、編集長の三木章さんほか数人の編集者が、とてもフレンドリーに迎えにきてくれた。古風な建物の何階かの編集部の椅子《いす》に腰かけて、授賞式の予定や、今後の作品プランなど、いろいろ話しあっていると、やはり東京だなあ、と少しずつ昔のリズムが回復してくるような感じがあった。

新人賞の授賞式は、講談社別館の古風な部屋で行われた。私と同時受賞の藤本泉《せん》さんは、もう百年も作家をやっているかのような落ち着きぶりで、なんと強い人だろう、と本当にびっくりした印象がきのうのことのように鮮かだ。

ご本人の風格だけでなく、受賞作の『媼繁昌記《おうな》』のほうも堂々たる作品だった。すでにして一家を成している人、という評があったのも当然だろう。作品の完成度からいえば、正直いって私の受賞作などよりはるかに高いと今でも思っている。まなざしにどこか燦光《りんこう》のような妖《あや》しい力があって、ただ者ではない雰囲気に選者のかたがたも、なんとなく気押《けお》されている気配があった。

授賞式を終って金沢へ帰ると、すぐに編集長の三木さんから手紙がとどいた。その後も、地方在住の新人によくぞここまで、と思うほど熱心に手紙を書いてくださったことを懐しく思い出す。

開幕のベル

セピア色、と言えばいささかきざにきこえるだろう。といって、飴色《あめいろ》、と書けばなんとなく古風すぎる。まあ、いいところで、ベージュ色に日灼《ひや》けした、とでも形容しておこうか。

机の上に一冊の雑誌がある。その表紙の話だ。いかにもくたびれた感じの古い雑誌で、「小説現代」という赤いタイトルの下に、英語で〈modern novels〉という字がそえてある。背表紙には〈第四巻　第六号〉という小文字と、〈昭和四十一年六月号〉というクレジットも読める。

表紙の絵はショートカットの若い女。少女というにはアイシャドウが濃すぎるし、ふつうの女性というにはどことなく色っぽい雰囲気だ。なで肩で首が長く、つまんだような鼻と、顔の三分の一くらいはありそうな大きな目をしている。オードリイ・ヘップバーンと、ブリジット・バルドーと、浅丘ルリ子を足して三で割ったような、とでも言うべきか。もちろん、往時の、という文句を添えての話だが。

〈1966 MuR〉というサインを見るまでもなく、村上豊画伯の作品とわかるイラストレイションだ。

〈この子、だれかに似てるな〉

と、一瞬、思う。だが、それがどこの誰かということまでは頭に浮かんでこない。なにしろ茫々《ぼうぼう》三十年も昔の絵なのである。

左上に二本の柱が刷りこんである。

〈問題小説特集　若い性の衝動〉

〈今月の巻末長篇　転落の記　梶山季之〉

そして斜め右下に〈第六回小説現代新人賞発表〉と、赤いゴシック文字。

私の小説がはじめて活字になったのが、この一九六六年の「小説現代」だった。

当時は発売日と雑誌の月号とがかなり食いちがっていたので、たぶん四月末には店頭に出たのではあるまいか。

念のため最後のページを繰ってみる。〈デスク通信〉という欄が目にとまる。この巻末のコラムは、いわば食卓の最後のデザートみたいなもので、常連の読者は舌なめずりをしながら丹念に目を通すのが常だった。原文のまま引用してみよう。

《第六回「小説現代新人賞」が五木寛之氏「さらばモスクワ愚連隊」と藤本泉氏「媼《おうな》繁昌記」に決定した。詳細は本号で発表の通りである。

回を重ねるごとに話題になり、今回は応募総数六九二篇という多数。しかも充実したものが多く、受賞作二篇という新人賞では珍しいケースとなった。今までの受賞者もその後成長を続けており、編集者としてはまことに嬉しい限りである。「新鋭女流競作」――諸星澄子氏は第五十一回直木賞候補。丸川賀世子氏は第六回女流新人賞受賞。中山あい子氏は第一回小説現代新人賞受賞。三氏はそれぞれ作風はちがうが、共通しているのは作家としての素質のあること。

中間小説という呼称が出来て久しいが、新しい中間小説はこれらの新人群の中から生れるであろう。

巻末長篇の梶山季之氏、〃赤線復活〃の論客として健闘中だが、こんどは流行歌の作詞にも手を染めた。近くコロムビアから青山和子の吹込みで発売される「夜はふたりで」がそれ。作者原作の連続TVドラマの主題歌だが、〽深い霧はミルク色だった しじまにひびいた不気味な靴音……といったサスペンス・ムード調。これがヒットすれば、次には「赤線行進曲」でも生れるかもしれない。

新鋭立原正秋氏の初登場──。三十九歳。早くからその筆力と抒情の冴えは一部で認められていたが、最近「剣《つるぎ》ヶ崎」が芥川賞候補に、「漆の花」が直木賞候補になるに及び、がぜん有力新人作家として頭角をあらわしはじめた。早大を中退し、無頼と放浪の青春期を過した。いまやその頃の体験が独特の酵母菌となって醸成されている。鎌倉に在住。釣、馬、バクチ、なんでもやる。(後略)》

奥付けには、編集人　三木章、発行人　有木勉、と出ている。三木章氏はこの「小説現代」の生みの親で当時の編集長、あたかも小説界のゴッド・ファーザーのような存在だった。私にとっても新人時代に最もお世話になった編集者である。

この〈デスク通信〉の前は、〈読者の声〉というページで、後が講談社の出版案内という構成である。私は広告を眺めるのが趣味のひとつでもあり、こういう古い広告を見ると、ついページをめくってしまう。

〈徳川家康　山岡荘八　待望の第24巻＝発売！〉という文字が目にとびこんでくる。〈大衆文学論で芸術選奨受賞　尾崎秀樹　さむらい誕生＝時代小説の英雄たち〉〈瀬戸内晴美の二大伝記小説　かの子撩乱　田村俊子〉などが続き、〈吉川英治全集〉の左下に〈エロ事師たち　野坂昭如〉。これには〈三島由紀夫・吉行淳之介両氏激賞！〉というコピーが華々しくそえられている。

うしろからばかりのぞくのは少し気がひけるので、前を開いてみる。目次は折り込み観音開きの四ページだ。〈若い性の衝動〉という特集の柱は四本。〈閃光のなかの顔　田村泰次郎〉〈リボンの過失　川上宗薫〉〈あゝ水銀大軟膏《だいなんこう》　野坂昭如〉、そして〈トランプ遊び　立原正秋〉という布陣である。

こういうタイトルの横にそえる短いコピーに骨身を削るのが、当時の編集者の生き甲斐《がい》でもあった。読むほうも丹念に読み、作品の読後、あらためて担当編集者のその作家に対する思い入れの度合いを計るところまでつきあったものである。いまにくらべてよほどひまがあったのだろうか。一冊の小説本を骨までしゃぶるようにして楽しんだ時代だった。ちなみに〈あゝ水銀大軟膏〉の惹句《じゃっく》はこうである。

〈今宵いざ花園の君に捧げん大軟膏。カイカイ病と闘ったある青春群像〉

これはなかなかの名文だ。川上宗薫、立原正秋、両氏の作品にそえられた文章よりも、ひときわ熱がこもっている。たぶん、当時の「小説現代」編集部の若きエース、大村彦次郎氏あたりの苦心の作ではあるまいか。

一方、私の受賞作のほうの惹き文句は、活字の量は多いが、いささか古風な気がしないでもない。

〈狂燥の旋律にふと触れ合う愛の心情。赤い国の若い断層を描く新人の意欲篇〉

狂燥の旋律とはジャズのことか。作者としては、なんとなく〈微苦笑〉といった感じのコピーである。

かつて広告やCMの仕事にたずさわってきた前歴があるだけに、小説の世界はちょっとおくれてるなあ、と思ったことも事実だった。

さて、グラビアのページをめくってみよう。

見開きで〈原作者登場〉というページがある。その号には日本テレビ連続ドラマ〈青春とは何だ〉の原作者である石原慎太郎氏が登場している。いわゆる〈慎ちゃん刈り〉の石原氏は、まさに〈青春とは何だ〉と問いかけているような若々しさだ。昭和七年九月三〇日と、私と生年月日がそっくり重なっているので、たぶん三十三歳のときの写真だろう。原作者を囲んで、岡田可愛、夏木陽介、有田めぐみ、等の出演者などが勢揃いするいちばん左端に、作詞家岩谷時子さんの顔も見える。

私がデビューしたのは、そんな若々しい活気あふれる「小説現代」誌だった。受賞作品が掲載されてまもなく、ある晩、突然に電話があった。

「ヤギリさん、とかいうかただけど」

と、配偶者が首をかしげながら受話器をこちらによこした。

「はい、五木ですが」

「あ、イツキくん？」

電話のむこうの声は妙に金属質の甲高《かんだか》い声にきこえた。

「ぼく、ヤギリだけどね」

「は？」

「ヤギリ・トメオです。知ってるでしょ。第三回の小説現代新人賞よ。あなたの先輩。わかる？」

「あ、失礼しました。八切止夫さんですね」

私はいささか狼狽《ろうばい》して、電話の前で思わずおじぎをしてしまった。そういえば講談社の小説現代編集部をたずねたとき、古いバックナンバーのなかから歴代の新人賞の掲載号を見せてもらったことがあったのだ。

第一回の中山あい子さんの『優しい女』、第二回『山風記』の長尾宇迦さんにつづく第三回の受賞者が、八切止夫といういっぷう変った筆名の作者だったと思う。『寸法武者』というその受賞作に対して、選者の柴田錬三郎氏が〈文句なしの巧さ〉と評されていたことも印象に残っている。ヒトクセある人、という話も、どこかでちらと小耳にはさんでいた。

「あなた、ぼくの作品、読んだ？」

「あの、じつはまだきちんとは拝読していないんですけど。申し訳ありません」

「いや、いいの、いいの。それでね、あなた、なかなか見込みがあると思うから、ぼくの弟子になりなさい。筆名も変えたほうがいい。ぼくがペンネームを考えて、これから書くものも指導してあげましょう。どうですか」

「はあ」

私が躊躇《ちゅうちょ》していると、八切さんは電話の向こうで急に声を低めて言った。

「こんどあなたと一緒に受賞した藤本泉くん、ね、あの人の面倒もみようかと思ってるんだが、あなたも見込みがあるし、ちょっと困ってるんだ。うかうかすると、追い越されるよ。彼女はすごい才能の持主だからね。どうする？」

どうすると電話でいきなり言われたところで返事のしようがない。ペンネームの件は丁重にご辞退して、さらに弁解がましく現状を説明した。

「じつは、これから先もずっと金沢に住むつもりですし、できれば一人でこつこつ書きたいと思っていますので——」

と、こちらの言葉が終らないうちに、おっかぶせるように八切さんは言った。

「いいの、いいの。ま、その気になったら電話をしなさい。とにかく新人は第二作が大事だからね。いくら受賞しても、第二作がだめだったら、たちまち相手にされなくなっちゃう。第一作を上回る作品を書かなくっちゃ。藤本泉さんのほうは、もうすでに第二作もできあがっているらしいから安心だが、あなたの場合は第二作がむずかしい。前のがモスクワを舞台にした特異な作品だったぶん、次が大変なんだ。これで失敗すれば、当分の間はチャンスがこないからね。それにしても、名前は変えたほうがいいんだがなあ」

そう言われてもデビューしたとたんに名前を変えるというのも無茶な話である。しかも五木寛之というのは私の戸籍上の実名で、ペンネームではない。旧姓は松延といったのだが、その年、結婚してすぐに夫婦で五木姓を継いだのである。私はその五木という名前が妙に気に入って、その姓を継ぐ人がいないというので、すすんで五木の名前に変ったのだから、なおさらだった。

とにかく、その晩は突然の電話にかなりびっくりさせられた。そして、八切止夫という人はどんな作品を書く作家だろうと、急に興味がわいてきた。次に上京して「小説現代」の編集部を訪ねたとき、八切さんの受賞作がのっている十二月特大号を見せてもらって読んでみると、これはなかなか凄い小説である。〈戦国雑兵の真姿《ママ》を八方破れの筆にのせて生き生きと描く。異色新人の登場〉と雑誌の惹き文句にはあるが、まさしく八方破れの異色の作風で、圧倒される感じがした。藤本泉さんの『媼繁昌記』をはじめて読んだときもそうだったが、世の中にはなんとうまい小説を書く人がいるんだろう、とあらためて驚かされたものである。

八切止夫さんは、そのころ「小説現代」誌上に〈八切止夫武者シリーズ〉という連続ものを書いており、『ああ夫婦武者』とか『００七《ゼロゼロセブン》武士』とか、かなりケレン味のつよい時代小説を発表していたはずである。弟子になるのはご辞退したものの、私はその後もながく八切さんの読者だった。〈意外史シリーズ〉もおもしろかったし、のちに「自分は山窩《さんか》の出自である」と称して発表された奇妙な文章なども興味ぶかく読んだおぼえがある。現代の三角寛みたいな人だな、と、ひそかに思ったものだった。新人賞受賞の直後のことだったし、ことにつよく印象に残っている先輩である。

考えてみると八切さんはもとより、それまで私は「小説現代」に登場する作家たちの小説を、ほとんど読んでいなかった、といっていい。自分が読物雑誌に書くようになって、おそまきながら同世代の新人作家たちの仕事に関心を持ちはじめたのである。業界紙、ＣＭ、レコード界と、回り道ばかりしてきたせいで、文芸ジャーナリズムの動きにすっかりうとくなってしまっていたのだろう。

「いま注目の新人作家というと、どういう人たちですか」

と、「小説現代」の某氏にたずねたのは、たしか二度目の講談社訪問のときで、場所はすぐ近くの大通りに面した喫茶店だったと思う。

「佐野、結城はすでに中堅だし、梶山、立原はいまや売れっ子作家ですからね。

目下、注目の新鋭といえば三好、野坂、生島、文句なしにこの三人でしょう」

彼は言下にそう言い切り、すぐに揃えて送ってあげますと約束してくれた。帰りに書店で買うからとこちらがいっても、いやいや送ります、と新人教育の責任感からか、かたくなに引き退《さが》ろうとしないのが当時の編集者気質だった。

やがて三冊の本が金沢へ送られてきた。三好徹『風は故郷に向う』、野坂昭如『エロ事師たち』、生島治郎『黄土の奔流』の三冊である。

金沢の喫茶店、〈ローレンス〉〈蜂の巣〉〈郭公《かっこう》〉などを梯子《はしご》してこれらの本を読みふけったときのショックは、いまでもはっきりとおぼえている。凄い連中がこの世界には蟠踞《ばんきょ》しているもんなんだな、と呆れ返ったのだ。それまでもっぱらロシア文学など翻訳の外国作品ばかりを読んでいた私の狭い視野に、まったく新しい地平がひらけたような感じだった。ガツンと一発くらったような気がしたのである。才能のある書き手は八切さん、藤本さんたちだけではないんだな、こいつは大変だぞ、と、思わずため息がでた。

その三冊の印象をふり返ってみると、『風は故郷に向う』は、〈自分にはたして、こういう小説が書けるだろうか〉という、感嘆と羨望の交錯した感情を私におぼえさせた作品だったと思う。それに対して『黄土の奔流』を読み終えたあとは、〈よし、おれもいつか絶対にこういう小説を書いてみせるぞ〉という激しい創作意欲をそそられたものだったし、『エロ事師たち』は、これまたなんともいえない濃密な迫力のある作品で、私は正直、圧倒させられた。〈こんな小説は、とてもおれには書けないなあ〉とつくづく感じたのである。

さて、そんなふうにして、あらためて文芸ジャーナリズムの周辺を見回すと、これは難しい世界だぞ、と気が重くなってくる。まあ、新人賞だけでいいか、と、ふと投げやりな気持ちも生じてくるのだが、編集長の三木さんや、選んでくれた選者のかたがたの顔を思いうかべると、敵前逃亡というわけにもいかなかった。

敵前逃亡といえば、私には一定の場所に長くじっとしていられないという、厄介なくせがあった。考えてみると、それは私個人の性格だけではなく、後天的に身についた面も少なからずあるようだ。

まず幼い時期に本国から外地へ移住したという過去がある。さらにかつての植民地だった朝鮮半島を、父の転勤で転々と暮らしたいきさつもある。なにしろ小学校だけで三度、中学を三度、計六回も転校をくり返したのだ。

戦後、九州へ引き揚げてきてからも、各地を転々として生きてきた。大学も途中で逃亡し、職場も落ち着くとほかへ移るキャリアを重ねてきた。東京での生活を投げだして金沢へ引っこんだときもそうである。その金沢生活もやがて終止符をうつ。

小説家として自立したあとも、二度、休筆と称して東京を離れることとなった。時どき昔の話になって、〈休筆宣言〉などという表現でいわれたりすることがあるが、この言葉に関しては私の本意ではない。まるで私自身がそのことを宣言したかのようにきこえて、ずっと気持ちにひっかかってきていた。私は親しい編集者の幾人かと、連載がまだ続いている担当者だけに対して、仕事をしばらく休む考えでいることを個人的に話したのだが、よほどめずらしかったのだろうか、すぐ新聞にもれてスクープ扱いで〈休筆宣言〉という見出しが大きく出たのである。いわば典型的なマスコミ辞令で、それが独り歩きしてしまうという、世間によくあるケースだった。しかし、考えてみると、仮りにも職業作家の看板をかかげたまま、ジャーナリズムに隠れてこっそり仕事を休むなどということは、とうていできない相談だろう。私も物書きとして、ちょっと休んで気易《きやす》くまた復帰できるほどこの世界が甘くはないと覚悟していた。勝手に休む以上はそれで終り、という事態も頭においての休筆だったのである。

いまにして考えてみると、そんな厄介な性癖をかかえながら、よくもきょうまで書きつづけてくることができたものだと、不思議な気がしないでもない。お寺関係の人は、よく〈おかげ〉ということを言う。お蔭さまで、の〈おかげ〉である。最近になって、その〈おかげ〉という古い表現に素直にうなずけるようになってきた。目には見えないさまざまな力によって支えられ、書きつづけることができてきたことを感謝せずにはいられない、と何かの折りにもらしたら、五木さんもお年ですね、と若い編集者に笑われたものだった。

未知の旅の始まり

さて、小説現代新人賞をもらってからの日々は、奇妙に穏やかな印象がある。

金沢での私の生活は相変らずで、弟の邦之とバッティング・センターへ通ったり、キャッチボールをしたりしながら、ぼちぼち次の作品を書き始めた。

私の頭のなかにあったのは、花火のような作品を書く、という、そんな漠然《ばくぜん》とした思いだけだった。ほんの一瞬だけ夜空の闇にかがやいて、たちまち消えてしまう花火が私は好きだったのだ。花火は消えても、それを見た人間の記憶の切れはしは後にのこる。のこらなければ、なおよい。

学生のころ、大川ぞいの料亭にアルバイトにやとわれたことがあった。川開きのその晩だけの仕事である。川に張出した桟敷に金持ちらしい大勢の客が招かれる。座布団を運んだり、後かたづけをしたりするのが私の仕事だった。

暗い川からかすかな匂いが漂ってくる。ドンと腹にひびく打上げ音がきこえ、やがて夜空にくっきりと光の傘がひらく。堤防や橋の上からどっと人々の歓声がおこる。仕事の手をやすめて見上げる空に、一瞬ストップモーションのように光がとまって、ふっと音もなく消えてゆく。やがて花火も終って、客たちがいなくなった桟敷で食器を片づけたりしていると、ひとつの皿に大ぶりのメロンがのこっているのが目についた。一応、果実は食べたあとなのだが、皮のあたりにまだ厚味が感じられるのだ。仲居さんの目を盗んでこっそりスプーンですくって口に運んでみた。この世のものとは思えぬ味が口の中にひろがる。それが私の生まれてはじめて体験したマスク・メロンの味だった。茫然とわれを忘れて見あげる空に、残り花火の一発がポンとひらいた。小さな花火だったが、そのときの形も、色も、はっきりとおぼえている。

なんの役にもたたない。後にものこらない。そういうものが私は好きだった。

その時、その時代になにかを言う。言いたいことを言うために物語や、台本を書く。そんなふうにして生きてはいけないものか。それは難しいかもしれない、という声がきこえた。ジャーナリズムというのは、そんなに甘くはないぞ。だが、おまえはもう船をこぎだしたのだ。いくところまでいくしかないだろう。

やがてアパートの台所から見える医王山の緑が濃くなり、朝、刑務所からきこえる奇妙な音も聞こえなくなった。

私はまだ小説家として自立する決心がついていず、再び上京してマスコミでの生活にもどる気もなかった。なにか思いがけないことがはじまろうとしている予感はあったが、一方で、これでもういいな、と相変らずつぶやく気持ちもどこかにあった。

これから自分がどこへゆくのかはわからない。目に見えない大きな手が、逆らうことのできない力で人間を運んでゆくのだ。風に吹かれて飛んでゆく一枚の葉のように自分のことが思われる。カウンターだけのコーヒー屋か、小さな古本屋をやって金沢で暮らしてゆく夢も、まだ捨てさってはいなかった。しかし幕は上がる。みじかい小説が一遍、雑誌に掲載されただけで、一冊の本も持ってはいないとはいえ、とにかく開幕のベルは鳴ったのだ。いま、ここで舞台から降りるわけにはいかないだろう。

北陸のおそい春の日ざしの中を刑務所の赤煉瓦の塀にそって歩きながら、そんなことをぼんやりと考えていた三十年前の自分のことを、まるで遠い夢を見ているかのように思い出す。

あとがきにかえて

最近よく耳にする言葉にメイキング・フィルムというのがある。ひとつの映画が製作されてゆく過程を、ドキュメンタリーふうに撮影した作品《フィルム》のことだ。マイケル・ジャクソンの主演したミュージカル映画のメイキング・フィルムは、ビデオにもなって、町のレンタル・ショップでもけっこう人気を集めていたようである。肝心の作品よりも、それが作られてゆくプロセスや楽屋裏をのぞくほうがおもしろいという気持ちは、私にもわからないではない。それを表現者の衰弱とみるか、受け手の頽廃《たいはい》ととるか、いろいろ意見もあるようだが、おもしろいという側面はたしかにあるのである。

考えてみると、舞台にも、小説にも、古来、作品が作られてゆく過程を織りこんだ作品はすくなくない。乱暴なようだが『奥の細道』などという古典も、一種のメイキング・フィルム的文章と言えなくもなさそうである。ひとつの作品としての句が成立する現場のプロセスが、ドキュメントとして表現化されているからだ。

ストーリー・テラーとしての作家を考えてみると、このことは一層はっきりしてくる。近代の表現者は例外なくその生涯をストーリーとして定着させてきた。作品に直接に語らせるか、間接的にジャーナリズムに投影するかのちがいはあっても、メイキング・フィルムは常に存在する。ピカソという物語、谷譲次《たにじようじ》という物語、ヘミングウェイという物語、柳田国男という物語、マリリン・モンローも、ヴィソツキーも、立原正秋も、それぞれに作品の背後にくっきりした物語を残していることに変りはない。

注目しなければならないのは、メイキング・フィルムもまた公開を前提とした一つの作品であることだ。回想であれ、自伝的な文章であれ、その点に無自覚なまま書かれる物語が、私は苦手である。こんど自分が商業ジャーナリズムの世界に新人としてデビューするまでの時代の側面を書くにあたって、私がこだわったのはそのことだった。

私がメイキング・フィルムに心惹かれるのは、虚実皮膜の間に何かが透けて見えるからだ。聖徳太子のように「世間虚仮《せけんこけ》　唯仏是眞《ゆいぶつぜしん》」と言い切ってしまってはおもしろくない。「うそがまことか　まことがうそか」というあたりに大事なものが存在するのだと思いたい。

この『デビューのころ』は、いわば文章によるメイキング・フィルムの試みである。インタヴュー、日記、雑誌記事、またこれまでに書いたエッセイや小説の一部などを数多く援用したのは、単に私の記憶力の頼りなさをおぎなうためだけではない。読物作者《よみものさくしゃ》が物語の背後に寝ていられなくなった厄介な時代を、私はただ嘆くのではなく、できれば快活に受けとめて語りつづけていきたいと思うからである。

この本ができる過程で著者を支えてくれたのは、出版部の須藤貴子氏をはじめとする集英社のスタッフである。連載時にイラストレイションをそえてくださった永沢まこと氏、本のＡ・Ｄ《アート・ディレクター》をお願いした三村淳氏など、多くのかたがたに心からお礼を申し上げたいと思う。また作中に実名で登場していただいた各氏にも、非礼をお詫びしなければならない。デビュー後、三十年目を迎える時機に、こういう本が出ることになったことを、正直うれしく思っている。

一九九五年　横浜にて　作者

解　説――青春と魂のリレー

山川健一

作家を夢見る若者だけでなくすべての読者にとっても熱い関心をそそられるのは、その作家がどのようにして自分の才能を育み、そして作家になったかという過程である。作家の無名時代とそのデビューの背景こそはもっともスリリングな劇的緊張に満ちたドラマなのだ。

多くの過去の作家たちがそのドラマについて語ってきた。五木寛之の放浪時代を語る文章は少なくないが、作家として自立するに至る内面のドラマは、これまで赤裸々に本人によって明かされることはなかった。

この『僕はこうして作家になった―デビューのころ―』は、すべての私たちの興味に真正面からこたえる、初の自伝的回想録である。

もちろんここには、文壇やジャーナリズムの光と影が色濃く射しているが、必ずしもプライベートな記録ではない。著者はあくまでひとつのヒントとしてこの一冊を差し出しているので、私たちはそれをよりしろとして各自の想像力を膨らませていくべきだろう。

青春。あるいは、〈凄春〉と記したほうがしっくりくるかもしれない。

誰かの若い日々の魂は、次世代の魂にバトンタッチされていく。自分は孤独で金もなく、誰にも理解されないともがき苦しむ青年にとっての光とは、そんな魂のバトンなのではないだろうか。

五木寛之、旧姓の松延寛之、そしてCMソングを作っていた頃のペンネームでいうなら〈のぶ・ひろし〉の青春は、本書が書かれたことによって、ご本人の五木さん自身にとってだけではなく、今や私たちが共有することができる輝かしい光になったのだ。

それまでエッセイ集『風に吹かれて』や長編小説の『青春の門』、あるいは『奇妙な果実』などいくつかの短編小説で断片的に語られてきた、五木さんのデビュー以前の青春時代がまとめて綴《つづ》られたのが本書である。

一九三二年（昭和七年）に福岡県八女市に生まれた五木さんは、両親に連れられて朝鮮半島に渡る。一九四五年の夏、平壌にいたときに戦争が終わった。五木さんは十二歳であった。日本の敗戦により、すべてが一変する。五木さんたちは進軍してきたソ連兵に住居や財産を奪われ、難民キャンプに連れていかれ集団生活を経験する。

一九四六年、何度かの脱出失敗を経て、十月に戒厳令下の平壌からソ連軍のトラックを買収して脱出し、三十八度線を越えて開城の日本人難民キャンプに収容される。その後、仁川のキャンプへ移動した。

そして一九四七年に、五木さん自身はよく知らない両親の故郷に引き揚げてきた。福岡県の八女の、山村のようなところだった。ここは祖国ではあったが、同時に異国でもあったろう。

筑後地方を転々と移り住み、八女中学へ転入し、新制光友中学に転校、福岡県立福島高等学校へ入学した。この間ずっとアルバイトをしていた。地元の玉子を買い付けて村から町に卸しに行ったり、自転車に何俵もの炭俵を積んで運んだり、八女茶の行商をやったりしたのだそうだ。

高校卒業後は早稲田大学露文科に入学するが、上京したての頃はアパートも借りられずに、穴八幡という神社の床下に寝泊まりしていた。やがて授業料未納で抹籍処分になった後、九年間各種の職業を経験した。

本書で描かれているのは、おもにこの九年間の出来事だ。

私も大学時代はアルバイトに明け暮れたクチだが、時代は一九七〇年代だったし、五木さんほど金に困っていたわけではない。だが学生時代に五木さんの〈抹籍処分〉のエピソードをエッセイで読んだときには、とても他人事《ひとごと》とは思えなかった。早稲田大学はなんと酷《ひど》いことをするのだろう、と悔しさを噛《か》み締めたものである。タイムマシンに乗って五木さんが大学職員とやりとりする現場に行き

「これを使ってください」と金を手渡したい気分だった。

もっとも、五木さんが大学をちゃんと卒業していたら、小説家・五木寛之の誕生はなかったかもしれないのだ。

五木さんは長い小説では重層的な構成を組み立て、さまざまに張り巡らされた伏線が最後のシーンに向かって一気になだれ込んでいく。だが、この『僕はこうして作家になった―デビューのころ―』はとくにそうなのだが、エッセイにおける五木さんは驚くほど率直である。率直である、というのは五木さんにちょっと遠慮してそう書いたわけだが、本音を言えば「そこまで正直に書くのか」と私は何度も感じた。

「とりあえず食っていけさえすれば、それでいい、というのがその頃の私の正直な気持ちだったと思う。大学を自分から飛び出してしまった以上、就職難の当時としては定職があるだけでも有り難かったのだ」

この定職というのは、新宿二丁目の中外ビルの三階にあった小さな業界新聞社で、〈ハイタク・ジャーナル〉という週に一回のタブロイド判の新聞を出していた。新聞と言っても、タクシー会社の社長令嬢の結婚式の記事まで掲載するような新聞である。

そのビルの隣りには中外ニュースという映画館があり、ニュースの上映とストリップ・ショーを交互にやっていた。ステージの合間にヌードの娘たちが七輪で魚を焼いていたりする。

やがて五木さんはCMソングの作詞の仕事を頼まれる。その打ち合わせのために、初めて銀座にある事務所を訪れるシーンは、こんなふうに書かれている。

「高野フルーツ・パーラーのショーウィンドウにうつった自分の姿を眺めると、急に恥ずかしさがこみあげてきた。やっぱりVANのスーツにボタン・ダウンのオックスフォード・シャツでも着てきたほうがよかったのかもしれない。靴も踵がかなりすりへっている。それに、行きつけの〈石の家《いしや》〉の辣油《ラーユ》がはねたシミの目立つサファリ・ジャケットは、どう見ても野暮すぎるようだ」

気後れしながらも、でも〈のぶ・ひろし〉は考えるのだ。〈べつにいいじゃないか。どうせ引揚者なんだから——〉

私は自分の父親が五木さんと同じ引揚者のせいか、自分自身にも日本をどこか異国ととらえる感覚があり、五木さんのこの言葉はよくわかる。どうせ転がる石ころ（Like A Rolling Stone）だからさ、みたいな気分である。

今の若い人には、引揚や戦争のことはちょっとわかりづらいかもしれない。しかし、日本が無謀な戦争に突入し、制度が崩壊し紙幣が紙屑《かみくず》になってしまったのは、ついこの間のことなのである。

ところで、いつだったか、五木さんに叱られたことがある。

「君はロックなんだか小説なんだか、私生活もあちこちふらふらしていて、未《いま》だに学生気分が抜けてないみたいだ。もっと腰を据えないと駄目じゃないか」

そうそう、そうなんだよなあと思うのだが、転がる石ころ的な気分がどうしても抜けないのである。五木さんの〈どうせ引揚者なんだから――〉というのは自分自身に呟《つぶや》く覚悟のようなもので、いざ原稿を書き始めた時の集中力はものすごい。本書の若い読者の皆さんも、どうせ――というフレーズは、私の場合のように言い訳として使わず、五木さんのように覚悟として使わなければ五木さんに叱られます。

二十代後半になると、五木さんは呼吸が苦しいと感じはじめ、地下鉄に乗っても目的地の手前の駅で降りて地上に出て、空気を補給したりするようになる。ひょっとすると気胸かもしれない、と疑うようになった。

その頃、競馬で勝った弟さんが新宿の紀伊國屋書店の裏にある中華料理店でごちそうしてくれて、病院に行って診てもらったほうがいいと言うのである。

「せっかく苦労して帰ってきたんだから」と。

このシーンは、胸が詰まる。その弟さんは、既に病死されているからだ。

マスコミでの仕事にピリオドを打ち、五木さんは玲子夫人と結婚して五木寛之になり、ソ連と北欧への旅行に出かける。本書には、当時の貴重な旅行記が収録されている。その後書かれた『青年は荒野をめざす』や『霧のカレリア』などの北欧小説集とこの日記を読み比べてみると、五木さんの小説がどんなふうに出来上がっていったのかがわかってとても興味深い。

帰国後、玲子夫人の郷里である金沢に落ち着き、一九六六年に小説現代新人賞に八十枚ぴったりの「さらばモスクワ愚連隊」を応募し、その結果を待つ……。

何カ月後かに金沢の書店へ行き『小説現代』を見て、三次選考を通過したことを知る。

思わず雑誌を閉じて大きなため息をつき、『小説現代』を二冊買い、何度もそのページを開いて眺めながら、歩いて帰宅した。

新人としてデビューし、結城昌治、三好徹、野坂昭如、立原正秋などの小説を初めて読み、この世界には凄い連中がいるものだと呆《あき》れ、ガツンと一発くらったような気がした。

その辺りまでが、五木さんの青春期だったのだという気がする。

五木さんは既に三十代になっていたわけだが、「さらばモスクワ愚連隊」を書くことによって長く苦しい、だが目映《まばゆ》い光に包まれた輝かしい青春というものにピリオドを打ったのだ。

その後の小説家・五木寛之の軌跡は、私たちがよく知っている通りである。

その小説世界は広大で、今も山のように聳《そび》えているが、しかし五木さんは文学至上主義なんかでないのだ。改めて今回『僕はこうして作家になった―デビューのころ―』を読むと、五木さんがいろいろな経験を経て作家になったことがよくわかる。

今、思い出したことがある。ローリング・ストーンズが来日した時のことだ。『ニュー・ミュージック・マガジン』をやっていた中村とうよう氏が、ロックシーンの頂点に立つミック・ジャガーやキース・リチャーズに、日本にも音楽のことを深く理解し、きわめて知性的な存在がいることを知らしめようではないか、と考えた。

そうなると、五木さんしかいない。五木さんにお願いすると、多忙だったのだが、引き受けて下さった。

ところで、私には心配なことがあった。ミックやキースと五木さんの話が論戦になったりしなければいいが、ということだ。

いつだったか私は五木さんといっしょに、コッポラ監督の『地獄の黙示録』の試写を観に、帝国ホテルの近くの映画館に出かけたことがある。マスコミ試写で、芸能人や文化人が数多く招待され、テレビカメラが集まっていた。

映画を観ているうちに、私はだんだん気分が悪くなっていった。アジア人がジャングルの奥地で米兵を神と崇《あが》めるシーンになった時、その不快感はピークに達した。映画が終わり、どういうわけか五木さんも不機嫌である。マイクに向かって映画を絶賛する人たちやカメラをかきわけ、足早に外に出た。

コーヒーでも飲んで行こうかと誘われ、二人で近くの喫茶店に入るなり、五木さんはマシンガンのように喋《しゃべ》り始めた。

「その思想や哲学がどうであれ、ヘリコプターや爆撃や、戦争を描く映画というものはどこかで戦争を肯定している側面があるものなんだ」

私は、五木さんの話を聞きながら、胸がすっとするのを感じていた。

その翌日、男性週刊誌で、五木さんはコッポラ監督と対談した。あんなふうにおっしゃっていたが、対談ではどんなことを言ったのだろうと、私は気になった。雑誌が出来上がったのを読んだら、あの夜マシンガンのように喋ったことをそのまんま、コッポラ監督に話されていた。痛快な気分である。

『地獄の黙示録』を撮影し終えたばかりのコッポラ監督は時代の寵児《ちょうじ》で、世界的に有名な人物で、アメリカ人だし、そういう相手にあれだけのことを言えるのは、日本には五木寛之しかいない。

さて、ミックとキースとの対談はそれぞれ三十分ずつ、ホテルオークラで行われた。五木さんが帰ってくるのを、私は半ば楽しみに、半ば心配しながら待っていた。

帰ってきた五木さんは、笑顔だった。ああ、よかったあ、と私は胸を撫《な》で下ろした。この時の対談は『ニュー・ミュージック・マガジン』に掲載され、その後二〇〇五年に『五木寛之ブックマガジン』（KKベストセラーズ）に再録されたが、およそ私が読んだミックとキースの対談・インタビューのなかで最も知性的である。彼らも「今度のプロデューサーは？」とか「どんなふうに曲を書くんですか？」なんて質問には飽き飽きしていて、五木さんの言葉が新鮮だったのだろう。

その具体的な内容に触れる紙数がないが、ミックとはロシアやポーランドのアートの話、キースとは古いジャズの話で意気投合していた。機会があれば『五木寛之ブックマガジン』を読んでいただければと思うが、魂と魂が短い時間のなかで触れ合う素晴らしい対談で、ジャガー&リチャーズも東洋の島国を少しは見直しただろう。

考えてみればミックもキースもデビュー以前は同じ安アパートで共同生活し、ライヴのポスターを自分たちで作ってあちこちに貼りに行ったり、苦労をした人たちである。そうそう、本書でも少しだけ触れられているが、五木さんとモハメド・アリとの対談も秀逸であった。

五木さんは相手が誰であれ、相手の深い部分に入っていき、少しも臆することなく自分の言葉をぶつける。そんなことが可能なのは、『こうして僕は作家になった―デビューのころ―』で描かれた、青春期のさまざまな経験があったからなのだ。たとえば〈ハイタク・ジャーナル〉で鍛えられたおかげだろう。

ところで、日本人で最初にミック・ジャガーとキース・リチャーズにインタビューしたのは私である。ミックはパリでだったのだが、鍛え方が不十分だった私は五木さんとちがいひどく緊張してしまった。足が震えた自分が情けない……。なんだか、解説の役割を果たしていないのではないかと不安になってきたが、もうひとつエピソードを。

五木さんはホキ徳田さんの紹介だったのだろうと思うが、ヘンリー・ミラーの家にしばらく滞在していたことがある。ホキはミラーの奥さんだったのだ。私は同席していないので詳しい話は知らないのだが、意気投合してピンポンの対戦を何ゲームもやったのだそうだ。ミラーも若い頃、多くの職業を経験し、パリに渡って作家デビューした人である。同じような道筋を歩んだ作家同士だから、国籍や年齢を超えてわかり合えるものがあったのではないかという気がする。

ミラーも文学至上主義者などではなく、〝LIFE〟という言葉を愛しそのように生きた。五木さんの『生きるヒント』と通じる部分がある。

最後になったが、この本を読み返した私のいちばんの感想は、五木さんはどこまでも正直であろうとすることの果てに、優しい眼差しを獲得したのだなということだ。

五木エッセイは多くの人々を癒す力を持っている。長い間、なぜ五木さんがそんなエッセイを書けるのか、私にとっては大きな謎であった。

だがこの本を読むと、よくわかる。

自分の弱さや過去の体験を、自分自身がまず正直に見つめ、それを語ること。そこに感動が生まれる。感動は、多くの人々を癒す力を持っているのだ。

私たちもまた、まず周囲の親しい人たちに、見栄をはったりカッコをつけたりせずに、正直でありたいものだ。シミの目立つサファリ・ジャケットや踵のすりへった靴を、そして自分が密かに抱えていた信条を忘れてはならないということだ。

そういうことを、この本が、五木寛之の低音で語られる青春が、教えてくれているのではないだろうか。

――作家

この作品は一九九五年十月集英社より刊行された『デビューのころ』を改題したものです。

幻冬舎文庫

●好評既刊
運命の足音
五木寛之

戦後57年、胸に封印してきた悲痛な記憶。生まれた場所と時代、あたえられた「運命」によって背負ってきたものは何か。驚愕の真実から、やがて静かな感動と勇気が心を満たす衝撃の告白的人間論。

●好評既刊
ホテル・アイリス
小川洋子

私の仕える肉体は醜ければ醜いほどいい。乱暴に操られるただの肉の塊となった時、ようやくその奥から純粋な快感がしみ出してくる。芥川賞作家が描く少女と老人の純愛、究極のエロティシズム。

●好評既刊
凍りついた香り
小川洋子

プラハからウィーンへ。孔雀の羽根、記憶の泉、調香師、数学の問題……。いくつかのキーワードから死者をたずねる謎解きの旅が始まる。小川洋子ワールドの人気長編、文庫版で登場。

●好評既刊
笑われるかも知れないが
原田宗典

ヘンな目に遭うことにかけては、自信とプライドがあると語る著者のエッセイ集。笑われるかも知れないけれど、全部言います。そして驚くかも知れないけれど、文庫オリジナルで初登場！

●好評既刊
あはははは 「笑」エッセイ傑作選
原田宗典

作家生活十五年の間に書いたエッセイ集がなんと二十八冊。その中から特に笑いが止まらないものだけを徹底的にセレクト。まず最初に表紙をめくって下さい。秘蔵写真で一発目から笑わせます！

幻冬舎文庫

●好評既刊
食のほそみち
酒井順子

本来楽しいはずの「食べる」こと。なのに、家庭でも、レストランでも、デパ地下でも、私たちは日夜、様々な煩悩と戦わなくてはなりません。「食」にまつわる喜怒哀楽から、今が見える名エッセイ。

●好評既刊
Miracle
桜井亜美

看護師のセイラは、その類まれなる美しさを武器に、同僚や患者を次々と虜にし、利用していたが……。聖と俗、邪悪と無垢。その間を揺れ動く女が、真実の愛に目覚めるまでを描いた恋愛小説。

●好評既刊
朽ちた花びら　病葉《わくらば》流れてII
白川　道

放蕩の限りを尽くすようになった梨田は、裏社会の本流に漂着しようとしていた――。前途が見えず死に急ぐ彼が辿り着く場所は？　鉄火場で生まれた類例なき青春小説『病葉流れて』続編！

●好評既刊
途中下車
高橋文樹

突然の事故で両親を喪った「ぼく」と妹の理名。心の隙間を埋めるかのように、密やかに寄り添いながら新生活をスタートさせるが――。爽やかで決然たる青春を描いて絶賛を浴びた傑作長編。

●好評既刊
楠の立つ岡
津本　陽

旧家の末子に生まれた少年は、戦前戦中の激動の時代に何を見、何を感じたのか。多感な少年の成長を通して描かれる家族の絆、人間の運命……。後年の人気作家誕生を予感させる自伝的長編。

僕《ぼく》はこうして作家《さっか》になった

―デビューのころ―

五木《いつき》寛之《ひろゆき》

平成17年9月30日　初版発行

発行者――見城　徹

発行所――株式会社幻冬舎

〒151-0051東京都渋谷区千駄ヶ谷4-9-7

電話　03(5411)6222(営業)

03(5411)6211(編集)

振替00120-8-767643

印刷・製本―中央精版印刷株式会社

装丁者――高橋雅之

幻冬舎文庫

ISBN4-344-40698-2　C0195　い-5-9